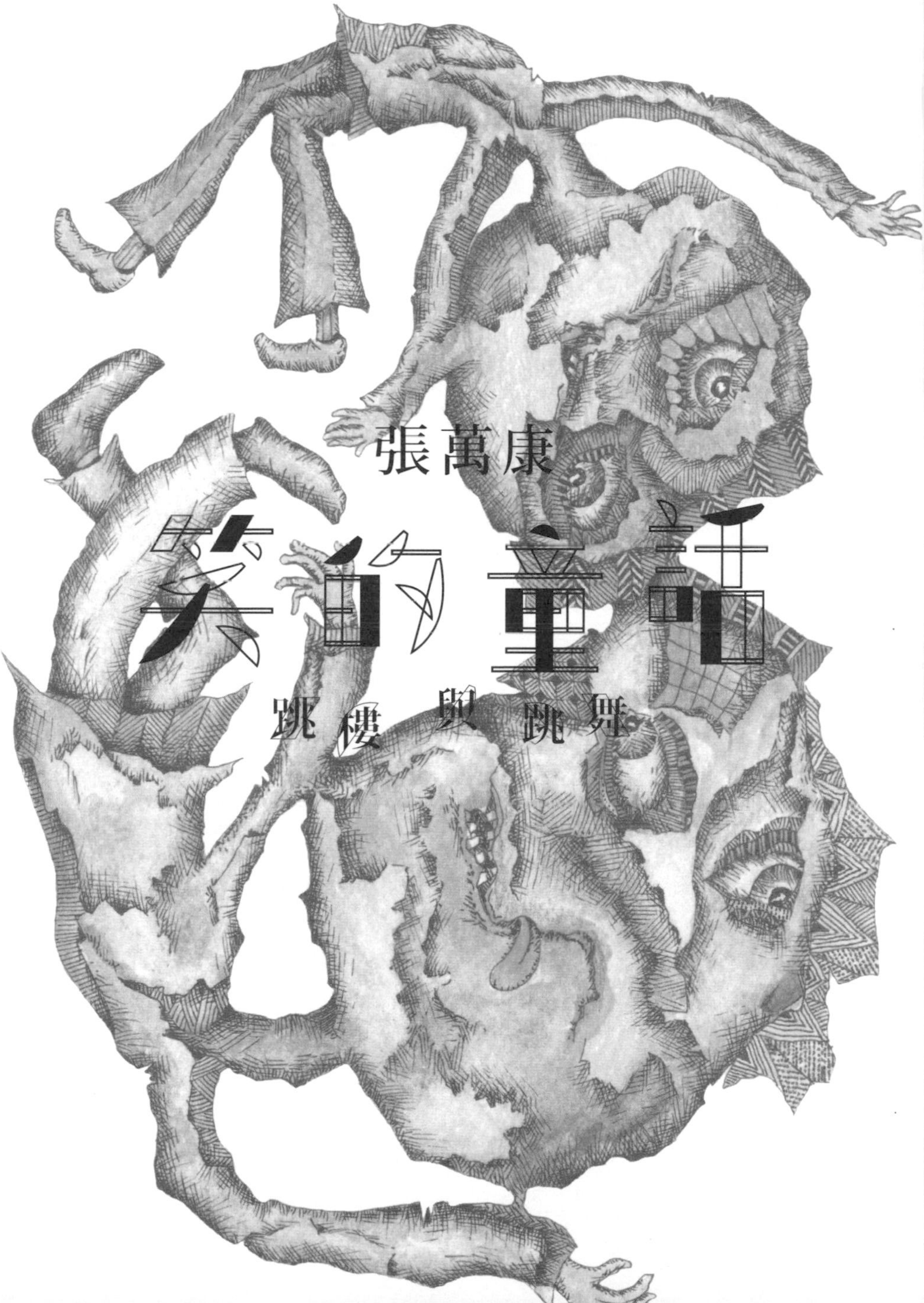

張萬康

笑的童話

跳樓與跳舞

素人是可以亂入的
——《笑的童話》序

袁瓊瓊

《笑的童話》是一個愛情故事。書中雖然不乏一些男人女人當眾宣淫的描寫，然而這愛情其實不是人與人之間的。書裡的愛情存在於男主角與世界之間。這位男主角無名無姓，只在某處出現過形跡可疑的「菲哥」二字，似是指男主角，又似是指某電視主持人，套用張萬康的句型就是：說是他也可以，說不是他也可以。

書中的這個「我」，整個的面目模糊。沒有他的長相，沒有他的職業，不知道他的知識水平，不知道他的年紀，不知道他哪裡人，本省或外省，只知道他「不是」山地人。對於「我」，我們比較知道的，不是他「是」什麼，而只是他「不是」什麼。

我們知道他「不是」有錢人，「不是」好丈夫，也「不是」好父親，甚至有可能「不是」個正常人。他經歷了什麼，作者沒有描寫，在故事開始的時候，「我」已經在生命的谷底，生意破產，老婆棄他而去，和念國小五年級的兒子相依為命，而似乎兒子照顧他比他照顧兒子的時候還多。

因為書中人物，從微不足道的腦性麻痺乘客，到「戲份」重大，對「我」的命運產生扭轉效果的海梨仔，張萬康都不吝描繪，讓人看到其形貌栩栩，所以我認為獨薄於這個「我」，是作者有意為之，或許模糊化可以造成一種普遍感，這個人物不只是他自己，還代表某個階層，某個群體。

而對這個「群體」的界定，並不是社會學那種。書裡的「我」，與其說是貧窮階層的代表，或者失敗或失意者的代表，我寧可認為他是那種熱愛生命熱愛世界，卻得不著相等回報的人。

在生命中的某一天，「我」決定自殺。他的自殺計劃是跳一〇一大樓。帶著兒子，是因為想讓兒子目睹他跳樓的場面：

孩子你會因我的死亡更強悍，更獨立。意外目睹我的一場死亡，或許有那麼幾年或更久你會感到恐懼，然而正因為這場遭遇你將不必也不再對任何事物懷以恐懼。那是老爹盼望你強悍的手法。我把死亡作禮物送給你。你要懂爸爸，爸爸給的與其說是死亡，不如說是生命。只有死亡才能體現生命。

這樣重大的命題，將死亡作為「生命禮物」來贈與。但是「我」的態度卻極為「憨顢」，甚至糊塗。

雖然「我」自己說自殺這件事他「醞釀已久」，但是他毫無計劃。忽然就決定要到學校接兒子。在去學校的路上，邊走邊做自創的平甩功「進階版」。學校正在上課，老師不讓他帶兒子走，他跟老師吵架，又隨口編了自己得癌症的理由。等老師終於放行，兒子的大書包成了問題，於是就索性出清內容物，打包寄走。

身上只得千把元，又還要帶兒子一同上台北，所以只好坐火車（他跟兒子說高鐵爛透了）。明明已經沒錢了，他還替隔壁座的大學女生買飲料和便當。結果到了一〇一，剩下的錢不夠買門票，於是他讓兒子買兒童票上高樓去「觀賞」台北全景。自己那個要從高樓跳下來的計劃就此趕不上變化，宣告破滅。

「我」的自殺之旅，充滿了隨遇而安的氛圍，似乎「死不死」和「活不活」是可以相提並論的事。「我」一下憂鬱，一下又充滿了祥和之感，偶爾甚至還感覺快樂。

看張萬康的小說是個混亂的經驗，我得不斷的從自己現有的認知中退出，去嘗試理解「我」的生命情景。雖然一般看法，一個準備去死的人，還活得如此繽紛熱鬧，是非常奇怪的。通俗點講就是：這個要去死的人，周身一點「死亡的氣息」也沒有，甚至作者也不準備用陰暗的氣氛來干擾他。「我」看到什麼都讚嘆不已，好像透過死亡之眼發現新世界。看到女人他全想上，看到男人他全想挑釁。這樣一本，或許應該界定為思考死亡（或思考生命）的書，卻被張萬康寫成了某種嘉年華，那些好鬥，雜交，嗑藥，醉生夢死，完全可以被界定為「社會所不齒」的群類，在張萬康的書寫下活蹦亂跳，生猛激突，似是比所謂的「正常人」，要活得更豐富更有生命感。

張萬康從出道以來，外界一直有兩極化的評價。喜歡的極喜歡，厭惡的無法卒讀。我個人應該是兩種都有。在閱讀的時候，事實上同時在這兩種感受間進出。有些部份覺得「這傢伙亂寫」，有些部份卻覺得太厲害了。但是全書看完，卻不能不感覺內中有無以名之的，極粗糙，卻又廓然完全的什麼。

他的寫作渾似毫無章法，看不出脈絡結構。但是如此行雲流水，讓人不由得讓他帶來帶去，等到終於繞到了山停水窮之處，掩卷之餘，發現自己被張萬康帶著在遊樂場裡已經兜完了一整圈。故事在說什麼無所謂，重要的是你玩過了。

在書後附錄裡，張萬康解說他的寫作，用了「素人是可以亂入的」為自己開脫，事實上我以為這句話是張萬康「精神所在」，雖然現在已經是成名作家，不過張萬康一直保持素人精神，隨心所欲的亂入。這到底是某種天份，還是他自己刻意造作，進而成為他個人風格，這一點其實不重要了。重要的是：以亂入為表，內裡其實計算精準。看上去似是嬉笑怒罵，骨子裡卻懷抱巨大悲傷。

在書的前半部，「我」帶著兒子坐在火車上。他感受著窗外雪山隧道的美景，又突然對隔座的大學女生產生了龐大的熱情。於是順理成章開始把妹。他跟女大學生擠到火車的小廁所裡，渴望發生點什麼，卻又臨時改變主意，讓對方全身而退。或許正因為準備結束生命，「我」反而看到生命之美無所不在。他對女大學生的那段幾近無厘頭的告白，若說是對著某個對象，不如說是對著這個世界。「我」對於這個世界的傾慕，深情，得不著回報，自覺受傷害，卻又依舊決定原諒。那整套的喃喃，雖然似是有個傾聽對象，其實更像是自我表白或某種控訴：

> 只有我愛你，你一片空白。甚至你無法在一片空白中鍾愛我或需要我。你的角色只是聽，你無須回應。因為你太假了！
>
> 我希望你好好聽，聽完還可能愛上我，但我沒差，我大不了犧牲自己讓你愛我。
>
> 因為我是徹頭徹尾，包括在廁所的每一句我是用心對你說話的。並且我不惜用自己的身體和你的身體對話，我的動作和你的動作的對話。

如同那位女大學生，世界對他的告白也並無回應。於是「我」說：

「我原諒你。」

赫拉巴爾為他的小說〈中魔的人們〉創了一個新詞：巴比代爾（PABITEL），赫拉巴爾自己解說「巴比代爾」是怎樣的一種人：

這是一些身處極度灰暗之中而又能「透過鑽石眼孔」看到美的人。他們善於從眼前生活中找到快樂，善於用幽默，哪怕是黑色幽默，來極大的裝飾自己的每一天，甚至那些最悲慘的日子。他們說出的話被那些理智的人看作是不合理的，他們所做的事情是體面人不會去做的。他們滔滔不絕地說個不停，彷彿語言選中了他，要通過他的嘴巴來瞧見自己。

我覺得赫拉巴爾這段話完整的形容了「我」在書裡所代表的族群。對於這類人的價值，我無法比赫拉巴爾說的更好了。

目次

第〇章

亂代序

他們或他

在我們這個時代的台灣，據說……

對了，說「時代」會不會說大了？好像故意把餅做大來引起注意？我們不能把某個幾年時光就標明為「時代」吧。而且在人口計量上，究竟該出現多少人口數字面臨相同的處境，和發起相同的作為，才能被稱作時代現象或時代精神呢？

是的，所以我只能說「據說」。

據說這十來年誕生了不少窮人、失業者、支離破碎畸零者。說真的，我還蠻懷疑這種說法的。只是我不敢說出這份懷疑，以免我的朋友們譴責我欠缺慈悲心。

好比，我看到網拍上有這麼多買家，他們肯定有點錢，否則不會這樣悠閒的東點西擊來消費的。我並沒看到什麼窮人。我只看到購買慾的引爆。但那不會使金門海灘的老雷區引爆。海灘還是海灘，安靜的海灘。被安靜打擾的海灘。再來，我常去的台北師大夜市一帶，一眼望去連暑假日夜都塞滿人潮，大家那麼貪吃，不可能多窮。

那些貧窮的數據我是不相信的，就像你告訴我一個女人的皮膚有多白多好看，可白的指數有多少，是怎麼算出來的？就算真有這種指數或係數，她好不好看也得我（或你）說了才算數，不是嗎？……講到這裡，插播，想起一個男大生上電視談話節目，他在白板上，把「科系」的「系」，誤寫成「係」，大家說你寫錯字了，而他搞不清楚錯在哪，也不在意，仍繼續發表他的高論。我在想，「係數」是不是我寫錯了，應該是「系數」？……如此一來我現在發表的高論也是個屁吧。——更糟糕的是寫出這種屁不屁的句子蠻低能的。成熟的作家在選字上，對激進的言語必須謹慎。或許無比莊重的人才更有資格使用粗鄙的字眼。

講到低能。我的一位朋友俐君在愛心之家擔任活動企劃，那是一座照顧心智遲緩的孩子的莊園。有些孩子其實年齡不小，但心智停止在俗稱低能的階段，故此園內仍喚他們孩子。

據她告訴我，那邊的孩子最愛合唱的歌是〈小薇〉。我想無論是出於老師們特意教唱這首，或出於孩子自發性的喜歡，結果都顯示著一種價值的誕生。原唱者和詞曲作者都該同感榮幸，因為能被孩子們琅琅上口歡喜唱出，那方能肯定出一首歌謠所蘊含的天真的純度。這種溝通的價值，或許原唱者和詞曲作者當初未能預見，但當他們得知孩子們那般樂天傳唱，這種迴向將使他們重新認識和學習生命吧？唱：

有一個美麗的小女孩　她的名字叫作小薇
她有雙溫柔的眼睛　她悄悄偷走我的心

小薇啊　妳可知道我多愛妳　我要帶妳飛到天上去
看那星星多麼美麗　摘下一顆親手送給妳

很掃興的，讓我們回到屁字。我們進一步發現到，還好屁不容易寫錯。有個尸部，有個比，表示當屁味產生，我們會比著好臭的手勢，或偷偷比是誰放的。

對某個尸比著。

冷歸冷，LOW歸LOW，可別介意這種八股的說文解字版本。

拉回到數據，又如台灣漁民無意間偶爾捕獲一種名叫「繡花脊熟若蟹」的螃蟹，一旦誤食就中毒身亡。數據來了，專家說牠的毒性足以毒死十四馬。……可馬又不吃螃蟹，關馬什麼事呢？馬就算吃螃蟹又關人什麼事呢？當然我也不會鐵齒試吃就是。

當十四馬排成一列站在一隻螃蟹面前，或圍著牠端正站好，這種畫面是超現實畫派的畫家所傾倒的吧？那又如何。把十四馬換成泰雅族鍾愛獵捕的飛鼠五隻，或把螃蟹換成一個臉盆，不也是「在郎」（憑各人喜好）。

再者，一個懂得很多數據的人不保證必能估算出一場球賽的勝負，反而很可能他被數字煽惑。充其量是個統計學家（應該說是很爛的統計學家），只是機器。從機器中吐出一些假象列印在我們手上的那些紙張，只有在置入碎紙機中才能發出悅耳的音樂，並形成織繡般美麗的碎花。

數學家、物理學家、天文學家何其多，但不同的是僅有愛因斯坦等少數人可以來回穿透數字的表裡。

有個朋友說她男友的樂團未能入選當年的春吶，小倆口為之沮喪。問題是入選了又如何？也只是一張名單。

是扯遠了點。總之一切都是假象，尤其數字。名單也給數字化。史達林不是說過，死一個人是悲劇，死一百萬人只是統計數字。愛因斯坦則說過，希特勒何必發動一百個作家聯名鬥臭我，如果我有錯，一個人說我就夠了。無獨有偶，台灣藝人康康曾在ＰＵＢ演唱後遭到十幾枝鋁棒圍堵，疑似在台上開錯玩笑吧。康康對帶頭大哥說，如果我有錯請包涵，如果真的要動手，一個就夠了，不要那麼可怕嘛。……那大哥好愛才，欣賞他這句話，放他過去。又扯遠了。

哼，出台北看看吧！你這麼說。

在台北以外就很多窮人嗎？是的，北部人真該謙虛。學學好榜樣的「北原山貓」吧。這對音樂拍檔，將「北部原住民」縮寫，僅以「北原」自稱，不敢妄稱代表全台灣南北西東及其附屬島嶼各族人。對陳明仁先生來說，「北原」表示旅居北部，實際上他來自台東卑南族。陳明仁先生聲音走尖高，另一位北原山貓的成員吳廷宏先生聲音主低厚，來自北部泰雅族。好，先不管這個，我想問，台北以外很多窮人，跟北部人、跟謙虛又有什麼關聯？這又不是我造成的，而且窮不窮又怎麼定義，我到底哪裡不謙虛呢？我確實從小就不謙虛，但我也沒本事讓誰不窮或窮吧。很抱歉我真的很久沒去南部、東部、澎湖離島，而金馬外島則從未去過，但你看師大夜市有多少從台澎金馬各地前來首都念書的學生，他們日夜在起勁兒的掏錢、消費。可你說他們其實是窮的，精打細算中很苦惱，我不認為。我看台灣人只是愛裝窮，譬如玩搖滾的青年一定會誇大他受的苦和窮，不然他無法被這個圈子認同。窮是一種時髦，一種抗議的手段和表演罷了。而且說「抗議」也美化了，其實只是想博取注意的一種吼叫虛飾法，成語叫虛張聲勢。

當然我（們？）也曉得，另一種人愛裝闊，私底下他手頭很緊的。而那個愛裝窮的人，換個場合也可能裝闊，口袋充滿彈性。所以你問我「真實」在哪裡？我也困惑了。

這種迷亂的現象很可能只是因為台灣人口太多了。在這麼一個三萬六千平方公里的小島上，塞滿三分之二山地，卻站滿兩千三百萬人口。……沒錯，剛剛出現三個數據。

假設僅有百分之一的人富裕，那就高達／或低到二十三萬人口了。光靠這些人逛百貨公司、逛夜市、上網購物，繁榮的假象就足以被創造。只因人口總量太大，隨意抽取一個小小的百分比，即可以勾出一掛肉粽。而這掛人肉粽子並沒平均分佈在廣袤的土地上，只能悲哀的（或快樂的）密集在都會圈；圈子裡地窄人稠，不繁榮也熱鬧。

沒錯，所以台灣其實窮人更多得多，他們沒法上街享受花錢樂趣，只好躲在家裡，我們自然看不到。他們貌寢，很宅。

然而，同一種推算理論亦可駁倒一秒前所說出口的話。同理，當前假設僅有百分之一的人口貧窮，自也高達／或低到二十三萬人，好事的媒體只要每天獵一個窮人來拍，就有二十三萬個日子供以操作出經濟下滑的假象。這還姑且不說有的窮人只因好吃懶做、愛賭愛刷種種，才落到某一步田地。俗云：「可憐之人必有可惡之處。」我說同情心始於心機。當我同情一個撿破爛的阿伯，幫他把掉落在路上的紙箱和報紙抱起、還幫他推車推了一段路，很可能我只是希望旁觀者對我勾出一個好評價，看能不能吸引一個女孩的目光以進行搭訕。

依我看，兩千三百萬這數字也是假的。我推測台灣其實有五千萬人口。這其中外省人少說也還剩下三千萬人。相信我，你們平時所聽說的，也都只是聽說。

先別說我不懂狀況，容我惡毒的說，是啊，號稱貧困的家長，付不出小孩的營養午餐費，就該自己幫小孩帶便當啊。何況人類一天吃兩餐就夠了，發育中的小孩吃兩餐也不會停止發育吧。有的女人為維持身材或養生需要，甚至一天只一餐，還是素餐。雖然素菜搞不好比葷菜貴，至少她吃一餐已比一般人難得。有的名犬一天也只吃一餐。可見餐的質與量，不過只是一種習慣成自然；人可以用新的習慣取代舊的習慣，沒有什麼是生來如此、非如此不可的吃法。人其實一碗飯、兩大片青菜、九條肉絲就可以吃飽，無論是放逐在西伯利亞或安居在士林七海官邸時期，以簡樸聞名的蔣經國都一定同意我的說法。

事實上，經我詢問教職人員後發現，要命的是許多學校規定小孩一定得訂營養午餐。家長偏想自己準備便當，校方也不見得提供蒸飯設備。據從事教職的朋友們告訴我，所幸家長無法負擔營養午餐費時，校方會做家庭訪問和加以協助。上一段「一日兩餐、學習瘦身或吃素的女人、學學蔣經國」的說法固然幼稚不懂事，但我還是將那些有屁先放、有屁亂放的內容予以保留。至多我舉錯例子來表達清貧人生觀的重要。我享受這種放屁的過程，那是因為什麼都不可信。倒也並非懷疑是追求真理的必要過程，跟必要不必要無關，而是天性使然，就像有人認定人類生來一天一定得吃三頓飯的那種天性，那麼的理直氣壯或那麼可笑。像曹操那麼多疑的人，才可能成為真性情的人。可曹操的淚水有時搞不好是做戲，我不做戲，又何須哭。懷疑是一種本能。不可否認信任也是一種本能。我不必懷疑〈小薇〉被孩子們傳唱只是謠言。當原始人屠獵野獸，吃牠的肉以抗飢，得其毛皮以禦寒，那是因為他怕挨餓受冷。人如果夠原始，就無關善惡，這時信任／懷疑自己當下飢凍或行將受害皆可全憑其直接而具體的感官。這樣講來曹操成了原始生物，就像據說有的母貓不安時會吃掉所親生的幼貓那樣的行為模式。曹操這樣的生物自然也不適合和人類相處，早生幾萬年或許才適合，或者連原始人也受不了他，曹操只好對他唱〈背叛〉（嗯，一首流行歌曲，紅過了也就過了的那種歌）、只好一個人到河畔哭典韋（這是一位為他戰死的武將，勇敢到死了大半晌敵人不敢從他身前經過）、哭一哭又想起當年灑淚送陳宮（這名他所斬首的敵軍文臣，卻是過去曾在他落難時伸出援手的老友[1]）。沒錯原始無關善惡，有人必須倒下而已。像樹木那樣筆直的倒下。曹操獨唱著：「我一個人，欣賞悲哀。」這啥爛歌詞XD忘情唱入極至，藉淚水指責（我們的、大家的、包括他自己在內的）虛偽，兼以痛快他自己的殘忍。殘忍如果設限就不叫殘忍。而殘忍的發作，在某種真諦上並不殘忍，因為他忘記自己正在進行的動作叫作殘忍。我的朋友黎明翰曾說砍一個人十刀和一刀並無分別。我沒追問涵義，不知道是不是曲解他的說法，是的，我想不該有十刀比較殘忍的說法，重點是，他下手時或許也忘了算自己殺了幾刀。

窮一定可怕嗎？……窮困，可怕的不是窮，而是困。祖先創造這個詞彙是從生活中得來，那麼具體的體驗著。俗云「救急不救窮」，救人不救蔣經國，因為他樂於窮，他是變態的。

你同情樹嗎？不見得吧。但轟然一響，地面晃動，煙霧瀰漫，不得不被震撼。

我還是得驅使（或說說服）自己寫一篇關於窮人窮困的小說。就算它不足以凝縮、反映

1 當年曹操的多疑殘忍促使陳宮悄悄離去，陳宮輾轉投效呂布，兵敗後被曹操抓到，兩人之間有一場精采的對話。陳宮高聲痛斥曹操心術不正，曹操對此不予理會，只問他你今天還有什麼話說。他說一條命死了算了。曹操說你死了你媽怎麼辦。陳宮說如果你還算是個人，你不會加害我媽，如果你是個王八蛋，你害我媽我也不意外，反正你本來就是個王八蛋。——我媽的命在你手裡，這考驗在你不在我。於是曹操流下淚來，成全陳宮之死，並把陳宮的母親和妻子安送後方養老。

一個時代的現象，好說也是二十三萬人之一。他代表他自己就夠了。

不過呢，有關他窮困的數據、始末等諸多細節我就略過了。因為那些都不可靠，你知道的。

想當然耳，本書也是我所虛構。我只希望大家讀了開心到，因而不可靠沒差。可以這麼說，這不但是一部喜劇，更是一篇童話。希望這說法不致冒犯台灣的兒童文學創作者。我的閱讀經驗告訴我，近年來台灣兒童文學的品質表現上，遠勝其他領域的文學。

也可能寫這個小說的動機，是在取悅（諂媚）批評我有顆冷漠心腸的朋友們，意圖交心。

在著手寫這篇童話之前，我用坦白換取平衡，也取巧的避開寫作方面應盡的義務和步驟技巧。這使我感到多麼寬鬆。

震撼比同情快半拍。同情不見得是真的，震撼才假不了、躲不過。假使在同一時間點上，把一個洲的森林都朝同一個方向砍倒，樹木倒地的剎那，地球就可能在自轉或公轉上變慢，就像踩煞車那樣給頓住。甚至地球因此偏離軌道。

假設只有一棵樹倒下。或許它將容易遭忽略／或許它更加被記憶。或許一雙眼睛只裝得下一棵樹／或許一棵也來不及看，只因人蔘列車的行速太快。改說人僧，會不會更俏皮。這篇〈亂代序〉的這一小段收尾的了無新意與陳腔濫調留給我的只是貧、窮、困、乏。貧乏，窮究，困惑，乏味，沒完沒了的造詞遊戲。停了吧。

就從一棵樹談起。

本代序寫於二〇〇七年夏天

本書完蛋於二〇〇八年四月

第一章 旅途中

北原山貓

（唱）

原住民　原住民　長得不一樣
有的那麼黑　有的那麼白
有的那麼高　有的那麼矮
看來看過去　就是不一樣

原住民　原住民　長得不一樣
有的那麼瘦　有的那麼胖
有的那麼寬　有的那麼窄

看來看過去　就是不一樣
原住民　原住民　長得不一樣
有的那麼大　有的那麼小
有的那麼長　有的那麼短
看來看過去　就是不一樣

HO HAI YA NA
HOI YA NA HO HAI YA
米酒喝下去　什麼都不怕

子：因為你個子還小，感覺不出走道很窄。爸爸還說，就算我們今天坐的是高鐵，走道也窄窄的。

不過我也沒想坐高鐵，我還是想坐飛機。爸說高鐵爛透了，自以為很快。我都沒坐過飛機。

爸一邊脫下書包，因為他幫我背，一邊叫坐在位子上的那個人起來，因為他佔了我們的座位。爸只呃……一聲，還沒講話，那個人就張開眼睛，迅速站起。他穿過我們面前時，爸對他說：「如果你真的很累，我們可以輪流坐。」那人沒看爸一眼，也沒搭腔，就挪到前面去了。他走出車廂，門「企」一聲打開，冷氣流竄進來，留給我們。爸把書包躺到我頭頂的鐵架。那個書包其實是空的。

坐靠車窗的那個姊姊在看我，那眼神好像說爸很多話。然後她把頭掉向窗外。我和爸被她拋開的速度比窗外景物被拋開的速度還快。我也不是很在乎她到底討不討厭爸，和我。

爸讓我坐在她旁邊，他要去後面坐，這樣可以從後面看著我吧我猜。如果他坐這裡就要轉頭，除非他很愛玩一二三木頭人。我延伸我的腳，玩了一次鐵踏板，升起和放下。我只玩一次，不然爸會說我沒規矩。

車廂內的座位客滿，有幾個人站著，爸是其中之一。嗯啊，原本他是有位子的，只是他買到的位子不是在我旁邊。讓我坐下後，他本來要過去我斜後方一段距離的一個位子，也是靠走道的位子，也是有一個人坐著，那個是爸買的座位。但他決定不過去了，用食指豎在鼻前，然後握拳，這是跟我比一個「不要出聲，沒關係」的手勢。我回頭看那邊，那個人有時站起，有時坐下，不是看有沒有佔到座位，而是看窗外，想知道這是哪一站的樣子。不過火車開始走的時候，我才發現他還有另一個原因讓他一直坐不穩。他身體搖搖晃晃，很難保持不動，脖子和臉歪歪的，不對，是身體半邊都歪歪的。爸小聲跟我說：「腦性麻痺。」他的脖子晃動的樣子好像隨時可以張開來變成傘蜥蜴。他的皮膚曬得很黑，頭髮也像曬成乾草。他穿的那件外套很鬆很大，方方的，看起來舊舊的，大概是從紅色褪成暗紅色，上面繡了白色的四個大字「ＮＣＡＡ」，有點像撿來的衣服。過一會兒他開始發出嘎嘎嘎嘎「火星語」的通話聲音，他的耳朵上面戴了一個藍芽耳機，正在跟某個首領進行接觸那樣，我只聽得懂幾個字：「……瓶蓋……黃道……活動中心……五個……」

我猜爸爸不想打擾他。我也覺得他有點可憐，我們學校發的運動夾克都比他的好看，爸就很愛我們的夾克。不過他都有藍芽耳機，超酷的，出任務，很有可能他是一個殺手，偽裝身體不靈活和口齒不清，而且是狙擊手，槍法神準。在月台時，爸問我冷嗎，我說不會。他研判說我穿的這件學校的棉夾克還蠻暖的，如果有做大號的他也想穿。我皺眉頭說大人穿很醜吧。他說藏青色配白線條很好看。我覺得搞不好是吧，但我還是告訴他很醜，他聽了哇哈哈笑。買票後，他說我們運氣普通好也普通差。我們買到的不是站票，這是普通好。我們的座位無法連在一起，必須分開坐，這是普通差。不過誰曉得他後來也沒得坐。當時他還說鐵路局很奇怪，站票的錢跟座票的錢一樣，如果能讓他買一張站票、一張座票，然後站票的錢可以半價，這樣我們就可以把這一半的錢用去台北吃好料。然後他說總之我是他的福星，還好不是兩張站票。不知道為什麼我聽了有點難過，我害了他，我這麼想。不過想到可以去台北，於是我又不難過了。我提醒爸爸：「你忘記講Molisaka。」爸回過神來，咧開他的大嘴：「Molisaka！」

〈摩莉莎卡〉，是北原山貓的一首歌。從我很小的時候喇，他就一直喜歡帶我唱他們的歌的喇，還要帶動作，跳舞那樣。他說過快樂不快樂都要喊Molisaka的喇。不快樂的時候，喊一聲就會快樂。快樂的時候喊了，快樂更多，像噴泉開花一樣開到破錶。他說喊「莎」的時候就可以把快樂整個套住，然後喊「卡」就可以很奸詐的把快樂收網那樣收回來。爸說北原山貓的合音比大小百合還讚，我也覺得！不過我沒聽過大小百合。

父：

早上做完李鳳山師父的平甩功，精神比較抖擻。走了一段路到學校，氣也走順了。我有心理準備會遇到點阻礙。

平甩功是站著甩手的簡易氣功運動。兩腿分開與肩同寬，手打直往前甩到肩膀的高度，連甩四下，第五下必須半蹲下來，也就是手臂划下來時腰部一鬆，蹲下。巧妙的是手往上帶起來的剎那，必須再蹲一次，起身時順便配合手把身子帶上來。也就是說你必須連續蹲兩次，但乍看又只有蹲一次，第二次像是鋼琴白鍵旁的黑鍵小半音，可以說是渾然太極之陰陽一分為二，二合為一。平甩功以十分鐘為一個基數。至少照三頓（餐）做一個基數，一天三個基數心曠神怡。想一口氣做個一、兩小時也不為過，雖然那種停不下來的姿勢或說狀態很好笑，但健康就是這麼進身體的。

開大門，走大路。在家做完一個基數，上路後，身體開了，我臨時決定邊走邊做平甩功。這是我的創意，對基本功的一種應用，學功夫最重要的就是應用。平甩功那一蹲蹲出了太極也是我個人的創見，我蠻想申請專利，呃……應該說是寫一篇論文投到報上的民意廣場，或健康版那種。不過還是算了吧，發明蚵仔麵線的人也沒申請專利，想一想還是古人大方豁達，孫越說「好東西和好朋友分享」，伍思凱則用發育中的歌喉唱〈分享〉，我沒有朋友，可是我還是想分享。人生來應該分享，不該獨享，這是我的看法。你說那老婆呢？真是老梗，但我笑了。

嗯，其實梗這個字應該寫成哏。有人告訴我這是相聲的術語。

邊走邊做平甩功真的很酷。問題是第五下要怎麼個蹲法。經試驗後發現，走路時腳步不是呈現一前一後嗎，我趁機踩一個弓箭步，這是頭一蹲，剎那間施點巧勁兒，流暢的又一蹲，身子就帶起來了。我一路邁大步街上走去，行人注意到我，等我越發流暢動作，我也忘記是否被注意。我覺得我成了一個上了發條的英國御林軍人偶，而且我對我自己進行閱兵。我一邊享受這般忘我，一邊化去我心裡的刺激和緊張情緒，因為我生命歷程的最後一場戰役才要展開。

其實，我多慮了，根本沒人注意我的動作。這世界，沒人會注意誰什麼了。交會的剎那也就岔開了，不會記住你多一秒。

難關在意料之中。班導不讓我把羽羽帶走。（發音「羽魚」，聽起來像只有「魚」。）這個男老師體格很壯，我覺得他應該去當體育老師。他比我高半個頭，Polo衫紮進牛仔褲，棉衫下隱約有厚實的胸肌。手臂超粗，還不必用到臂力，青筋觸到我就可以把我ㄉㄨㄞ死那樣。我說這不需要理由，他是我的兒子，這就是我要帶走他的理由。我低估了他，他不光是胸大無腦的體育健將，他說了一套我的行為將對小孩產生不良影響的理由。孩子對學習會失去尊重、容我坦率的說隨隨便便把小孩帶出學校又何必送來呢？很老套的連珠砲。我聽到尊重這兩個字，有點不悅，但還好我做過心理準備，並未發火。我淡淡的說：「你講得太嚴重，讓尊重失去空間。」其實我更想說的是，人只想尊重他的胃，而胃只想和食物彼此尊重，你害人家的胃液變酸。我告訴他：「因為羽羽習慣來上課，天亮了，我就讓他先來上課，我尊重天。在我……決定以前，我……必須尊重他。」他無可奈何，很客氣的冷笑一聲，於是我用手掌砍劈我的胸口那樣抵住自己：「是我的錯，我忘記阻止他。」

我們站在五年五班的走廊談判。漸漸我聽他講話時有聽沒到，望著教室內趁老師不在，從座位起來調皮打鬧的孩子。我用大拇指比著教室：「他們在你背後比較快樂。」他一看過去，小孩統統觸電一般回到座位。

「你看他的表情，他想跟我走。」我對老師這麼講，因為羽羽沒跟他們打鬧，一直朝我們注視，等待著答案。我察覺坐羽羽附近的一個小女孩也專注的望著我，從那表情我意識到她深愛羽羽，忽然我感到一陣幸福。肯定就是許鈺珊，電話裡我聽過她的聲音。

「抱歉我看不出來。」他的這句話幾乎激怒了我，尤其在這幸福的一瞬。

「我跟他比較熟，還是你跟他比較熟。」講完我盯著猛男不放。

他開始訴說他有著一份責任，聽到這兩個字使我必須壓制我自己的脾氣，我發現我的手開始發抖，搞不好之前比向教室的大拇指已經在抖。更可惡的是他接著說：「孩子是你生的，但不是你的私人財產。」

#%^*&^##&^!~%)我語無倫次起來。我暗吃一驚，難道被識破什麼，當下兇起來：

「我是要帶他去死嗎！」一口氣我繼續說：「說穿了死我一個人！我不拖孩子下水！」說完這句，我和猛男都怔住。我懊悔不小心說出帶走羽羽的目的。我趕緊做出一種強忍悲傷的模樣，扯了一個謊：「我必須和我兒子談談，我得了癌症。」

於是我成功劫走我兒子。那句話效果卓著，早知道一開始就這麼說。當他和老師錯身時，我在門口趕緊牽住他的手離開。我回身對老師講：「還有愛滋。」

沒人再能奪走他。好像從三年級以後我沒牽過他。否則怎麼訓練男孩成為男人。

子：

爸超愛北原山貓。他不止一次說過：「從你在你媽肚子裡的時候，就開始和我唱北原山貓跳舞了。」我心想難怪媽受不了你。

大人說這叫胎教。大人隔著肚皮會幫你點播一些歌來聽。爸說我是他創造出來的。他說不單單是聽習慣而已，而是北原山貓真的很好聽。他講這話的時候眼神也不能說多兇，……嗯！對，是正經。記得媽一旁說：「你幹嘛裝正經。」爸很正經的用眼睛看我的眼睛。我不得不同意他。

「不是裝正經，我只是裝神祕。」爸爸把食指立在鼻頭前這樣不動，五秒鐘過去，他突然燦笑。然後我笑出聲音。我很想告訴他，你不用裝正經我也會同意你，雖然我也不覺得多神祕。爸會讀心術，突然說：「現在還早，以後你會知道音樂的神祕，」他頓住，然後才講：「因為……」我搶著和他一起講出：「Molisaka！」

結果是我搶拍又搶白，他要講的不是這個。他愣了一下，兩手一攤：「Molisaka不是要這樣出來的。亂用就會不靈！你太愛喊它就是不懂它。」我沒搭腔，希望爸爸告訴我他原先想講的是什麼，但他接著講：「算了。」我想他真的會讀心術。

有次他醉酒。就是媽離開之後他常喝酒的那陣子，那次他對我說：「說真的我不認為你對北原山貓膩了。也可能你膩了，只是你還不知道。我愛不愛爸爸呢？」我聽不大懂，他是說他自己愛不愛他爸爸，還是模仿我、讀我的心說這句。說完，他發出恐怖的笑聲，接著喀嗒一聲斷裂，坐倒在地上。他大笑不停：「椅子在這種時候總會斷掉，跟電影演的一樣。」我已喝醉了。我真的喝醉了。他就這樣唱。我很不願意他這樣唱，因為很難聽。記得他對我說過：「如果心情不痛快時，去唱北原山貓的歌就是污辱北原山貓，因為那只會讓你更不痛快。真心想快樂，你才能唱北原山貓的歌。」他身上散出不好的味道。我說：「不要唱。」

他立刻用手刀切歌：「停！我沒忘記我說過的話！」他看起來很兇，我想我冒犯了他，不該提醒他。他是叫自己停也叫我停。「你懂嗎？你懂，我知道。羽羽啊，你是懂我的喇。」他好像很盼望，又好像對我有信心，我知道他在道歉。這時候他哭了。那次是我第一次聽他哭，這使我很難受，好像有人把他打流血，但我幫不上忙。「我一無所有了。我只剩下你。但我給你壓力。我對不起你羽羽。羽羽我不配的喇。」「我知道你很愛爸爸，但你發現不愛爸爸更舒服。」「我問你一個很沒必要問的問題，我和你媽，你比較喜歡誰？你自由講，我會保守祕密……」說著他又笑到前仆後仰：「我說的不是尿床，千萬不要誤會爸爸。我是說之前那個問題我想把它當成祕密。」他還繼續笑。我以為他忘了這問題，後來他笑到一個段落想起，追問。我很快就答：「我比較喜歡你。」但我真沒心情。他聽了對我用力豎起大拇指：「我要把它當成祕密，全世界的人都知道，我還是要當祕密。因為有祕密的感覺才可以保留很久。」

然後手放下，往後揮落，他順便把手按在地面作支撐那樣，然後問：「那她如果回來帶你，你會不會跟她走？」我遲疑起來：「走多久？」他坐直起來：「為什麼？你媽很賤你知道嗎？」我說：「我知道。」他說：「理由？」我搖頭表示不知道。他突然用力打滾，背過身咆哮：「在軍中沒有理由！」回過臉來他帶著安慰的笑容說：「這裡不是軍中。」然後他說：「其實你只是好奇她在哪。正因為你不知道她在哪，所以你想跟著她。」我說：「沒錯。」他點點頭又搖起頭：「我不相信你比較愛她。」我突然想到許鈺珊對我說過：「喜歡和愛不一樣。」我想糾正爸，但算了。但我借用許鈺珊對我說過的一句話答覆他：「然而我是在乎你的。」爸聽了哇哇流淚，說我很孝順，並又開始講他對不起我。「我是有比較喜歡你，也不會想跟她走。」我蹲下來摟著他拍拍。我覺得我說的是真心話。爸哭得緩慢。「羽羽我沒事的。」這時我的眼淚滑出來。但我沒出聲音哭。然後爸說：「還好。」「唔？」我問。他說：「還好是夏天，不然我們這樣哭會感冒。」我說：「被你發現了。」

我不願像以前那樣嘗試扶他躺到床上，因為他很重。他嘴裡唱著山貓的〈布農族飲酒歌〉，他真的好快樂：

我已喝醉了。
我真的喝醉了。
請你原諒原諒我的
因為喝醉了
啊呀　MIS BU SUK SAI KIN
早上起床喝了一點點

中午晚上也喝一點點
不知不覺喝了多少
我要算一算
唉呀 喝了一大堆
啊呀 MIS BU SUK SAI KIN

而且他一唱歌就扭身體，更不好抓，我就讓他躺地板，把他姿勢喬一下，拿小毯子幫他蓋肚子。他說過肚臍是弱點。以前我嘗試把他拖到床上，搞得反效果鬧不完，而且我會哭起來，因為太重我真的沒辦法。爸媽以前常吵架的時候，記得我那時候已經小三，卻開始尿床一兩年，到媽消失了還繼續尿。直到升上小五才沒尿。那時候我實在很擔心，有次去表弟家住，因為一起睡我好怕我尿到他們身上。爸媽帶我看醫生，後來媽還買一種藥給我，什麼老阿伯膀胱丸的，還是沒辦法，半夜還是狂噴。大概就是從爸開始酗酒我才沒再尿床。我猜是他把我的水份吸收過去。以前我都包尿片，實在很怕同學看到。我看到蜜蜂就想起我包尿片。蜜蜂的屁股一大坨。萬一被同學發現，我猜我會被叫小蜜蜂。爸後來把藥丟掉，跟媽吼說我是心理因素，吼她不要在我面前吵架，媽說現在先大小聲的是你。但他們就算沒在我面前吵，我的情況還是沒改善，就像水龍頭故障。媽有次跟我說失火很需要你，我問她為什麼，爸衝過來罵她對小孩這麼刻薄，她哭說比刻薄沒人比你強，爸說我至少沒對孩子刻薄，我放火把家燒了算了。於是我大哭起來。從那次之後我就比較少哭，爸媽也沒再對我講嚇到我的話。雖然還是會尿。媽媽還是走了。

還好爸酒量很好，很少在吐。爸躺地上快睡著時，閉著眼睛咕嚕咕嚕：「如果兩個人之中有一個必須感冒，我希望那個人是我，但你不必陪我，不然會被我傳染。」爸一向很愛和我看戰爭片，有一部片班長受傷走不動，叫班兵先閃：「我以班長的身份命令你。GO！NOW！」一起先他是叫班兵射殺他，班兵不願意，於是他命令他走，在他走之後，手中緊握一顆手榴彈準備和敵人同歸於盡，爸說這種片很蠢：「時間太多。」於是這時候我對爸說：「嘿咩，時間太多。」爸聽了沒搭腔，像一隻大烏賊放在地板上，漸漸睡著。我小小聲唱〈歡樂飲酒歌〉給他聽，這是慢版的飲酒歌，爸說過這首歌很有情調，會把人帶到遙遠的夢鄉。朋友們，大家一起來，喝了這杯老米酒，喝了它啊，不要隨便亂跑……

爸不是原住民，媽也不是。但爸就是愛北原山貓，他說他們不但是活寶，還是國寶。我們班都說北原山貓不紅，爸對我說偉人死後才紅，反之偉人死後就不紅的話那表示他不是偉人。他講到「紅」的時候把指頭對著我，講到「偉人」又指一次，很像交代一個重要的祕密給我那樣，也有點像發現我生字簿漏寫一行那樣。爸說他跟媽第一次約會，就是學北原山貓唱歌擄獲芳心的，因為媽喜歡笑。他說他還記得那首叫作〈快樂的台灣人〉，沒錯，也是合音很棒的一首歌。

「陶喆和周杰倫那不叫歌，那只叫唱片。」這是爸說的。我問爸唱片是什麼，搞了半天原來是CD。他說：「我習慣講唱片的喇。」

爸爸失業很久，發酒瘋也很久。我喊Molisaka顯然是沒用的。他摔完東西，會叫我：「不准收！」不准我去撿他K爛的東西。「節儉是種美德。留著，下次還可以摔。」他還怒吼，要我別再發出Molisaka，其實我不是故意的。有一次我勸不動他，也找不到我該說的話，好像被傳染喝醉一樣我無意中自言自語這麼一聲。他的反應傷透了我的心：「我是因為陪你玩，不知道要玩什麼才和你玩北原山貓的喇！其他的時候我不想再聽北原山貓！摩你媽雞巴莎卡洨啦！唱什麼山地歌啦，令老母攏跑去樹仔腳啊啦！」

但我原諒了他。第二天我上課時他還在睡。放學到家後，爸誇我很懂事。他沒談到他昨天的話是不是事實，我也沒想追問。就算他只是陪我玩才唱那些歌，那我更要感謝他。「那我以後還可以唱北原山貓和喊Molisaka嗎？」我故意這樣問他。他笑說：「我會跟你一起唱。」可見他記得他喝醉時說的話。

不過我想知道：「媽為什麼跑去樹仔腳？」這句他卻忘了。等他搞懂後，他說：「我亂講的。我也不知道她現在在哪，搞不好搬去山裡的別野去了吧。」我跟爸說：「應該唸別墅。」他笑說：「去你的，你很沒幽默感。」我被他惹笑。這時候他突然用力摟住我：「你放心！我會帶你去見識。我們找一天上台北。」其實我沒要求過這些，他這樣我突然覺得很監介。（尷尬）

想不到沒事先講，這天他來學校接我。我們走在走廊上，他牽我的那隻手離開，改搭在我肩上，神祕的對我說：「我有事告訴你。」我等著他說。他說：「學校還好吧。」我說：「嗯。」不知道他問這做什麼。「一切還好吧。」他又問。我說：「都好。」走出校門，他講：「我帶你去台北。」我說：「幹嘛？」他說：「玩。」

然後他就幫我背書包。平常我都自己背，問他為什麼這樣，他說：「我想背嘛！」好像撒嬌，真好笑。爸兩手空空的，單肩掛著我的書包：「好重，你書包放石頭喔。」我說：「哪有。」他說：「我猜你裡面藏了一頭大象，不過我背得動。」我說：「我也背得動。」他說：「但我更背得動。」我說：「你好愛爭。」他猛然瞪著我，很不悅那樣。他說：「我是在幫你！」我趕快講：「好啦好啦，我知道。」他送出一口氣，像是深呼吸後那樣呼出，手又搭到我這裡來：「是我太那個了。……你知道嗎？我對你有信心，你以後會比我強八百倍。」

好像有一件事在等他決定，他帶我在街上站了很久。

終於他開口：「我們用得上。」於是進到旁邊一家7-11，他填了單子，把書包裡的東西全部拿出來，花一元買了塑膠袋，把東西裝入袋內綁好，又掏出一把銅板，用宅急便寄出。他暫時叫我拎著空空的書包。他先填單子，填好後把書包接過來上肩和我出來。我看到他寫收件日期是明天。收件地址是我們學校。收件人他寫我們班導。爸說：「因為你的功課就是他的功課。」

父：

這件事我醞釀很久了。只是我還是很幹，我並沒有想像中那麼憂鬱，但是火車搖晃的……節奏，嗯我應該稱它為節奏嗎？那種火車天性上的晃動，和車窗外景物向後跑的移位，把我他奶奶的搞得不憂鬱也憂鬱起來。沒有一次坐火車不陷入這種狀態，除非睡著。說穿了吧火車總讓不憂鬱的人犯憂鬱，讓憂鬱的人更憂鬱。難怪倪敏然會自殺，都是坐火車害的。那年他選擇了東部幹線，不知道是不是像卓別林在默片中，閉起眼睛隨機勾選搭哪一線火車那樣。在頭城站下車，往山裡走去，結束了笑星的一生。倒不是開往生者玩笑，如果他晚一年上路，就可能改變心意。因為隔年雪山隧道通了！

想要早一點趕到宜蘭一帶，自然會改走北宜高、過雪隧，那也就不會坐火車了。速度奇快，咻一下出隧道就是頭城，就這出隧道口的剎那，蘭陽平原的日頭一整個金光普照下來，心情頓時改觀！也就重燃生命希望了可不是。除非他的環保意識讓他拒絕這條路線。雪隧破壞了山脈、水脈、龍脈、一堆脈，呷較歹，風水上也這麼說。

火車上想躲開這憂鬱，只好睡。可每次從火車上醒來，感覺上也不快活。雖然精神會很好吧。但好像成了精神很好——好去不快樂。我怒的就是這點。我本來就想死了，不需要這種火車的節奏來渲染、來煽動我想去死。它反而打擾我死前想安處、想守望的一廂時光。

是啊，那是我想守望的。在我銷毀自己以前，我和羽羽最後的相處。我想跟他說話，我想看他的臉，邊看邊忘掉。嗯，我沒那麼不可理喻，我不會帶他一起死的。新聞上那些帶孩子一起死的父母多沒品啊，竟然把孩子當祭品。他們應該很討厭自己的小孩吧我想。可他們好像又愛得很。小時候看到過，貓牛孩子，我就好奇看一眼，回頭那貓竟把孩子們全吃了。這位貓媽媽有這麼恨我嗎？還吐出……或許不是吐出，只是吃不下、吃剩下的一些嬰兒小爪子小耳朵，粉粉肉肉，漂亮到不恐怖。真實是多麼漂亮啊，而且無關乎真實或假想或幻覺，那些顏色和質的是多麼漂亮，像是彩色筆塗上的，不用摸到也感覺到那質的。柔軟的、半軟的、茸茸的、沒有溫度的、溼的或乾的。人類會去決定處決自己的小孩，這種心態扭曲成報復性的可惡，或許只是一種貓的無知。他們把自己看得太重要。其實貓就算這麼做，是無知還是有知，真難說。總之被貓誤會的感覺並沒衝擊到我，但我明白了誤解的代價。問題是在這個問題上人應該比貓進化和高明一點吧，貓只是誤會了什麼，而人卻不懂事。羽羽沒有我會活得更強壯的。

原本我想把羽羽這個累贅的大書包丟到垃圾桶的。但這幾年來已經很少見到垃圾桶這種裝置。人民把自己家的垃圾拿來塞，政府也就小氣巴拉撤掉它。小氣VS.小氣就對了。這就叫負負得正嗎我不懂。找不到也好，如果找到的是加蓋密封的那種，口子太小書包也塞不進去，而且如果為了找垃圾桶而耽誤旅程那是很可笑的。算了這不打緊，何況書包放在垃圾桶裡會給髒臭掉，雖然我要這個書包死，但我不能忍受它的屍體不乾淨。除非能立刻成為化石。化石是多麼乾淨的存在啊。化石在生前不在意自己能不能留下來，就像貓那樣無所謂。無論你找不找得到它，它都那麼安然而乾淨的鑲嵌著。或許音樂也將成為化石，或許北原山貓也將。只屬於考古學家的音樂，算不算音樂，我不知道。丟失這個書包後，對羽羽來說是一種重新開始，至少有幾天不必做功課。可是還有什麼比寄回去給他老師更讓我興奮的呢！

我並沒戰勝的想法，何況我還損失了點錢。運費。我只是想到老師在收發室捧著他的書包時，好像捧著他自己的人頭一般可笑。

不過我識大體，只把書本打包送回，這個空書包我決定帶去台北，我想看著它一路上能替羽羽裝多少什麼，也讓這個新的它在我跳一〇一大樓死後陪伴他回家。不，是陪伴他繼續離家，直到他有家，可以創造一個家。在我眼前坐著的這個小孩，他來自於我，但將成為他自己。孩子你會因我的死亡更強悍，更獨立。意外目睹我的一場死亡，或許有那麼幾年或更久你會感到恐懼，然而正因為這場遭遇你將不必也不再對任何事物懷以恐懼。如果你是我的骨肉，傳承到我的什麼，並也不傳承什麼，這之間的區別將使你明瞭那是老爹盼望你強悍的手法。我把死亡作禮物給你。你要懂爸爸，爸爸給的與其說是死亡，不如說是生命。只有死亡才能體現生命。

晃悠悠顫茫茫一片中，「比我強。」站在車廂中我聽見自己沒頭沒尾對羽羽冒出這句。羽羽專注著什麼倒是沒聽見。他隔壁那個女的，大學生的樣子，轉過來看我一眼。很快臉又掉回去看窗外。但我最不爽的是她可以坐靠窗。隔著厚重而透明的玻璃一片碧海藍天，那是冬天難得遺下的陽光。窗外那片碧藍美麗到不可思議，幾乎挽留了我的死念一秒。如果我能吹到窗外的風，或許我真的就不死了。忽然我覺得這女的很欠幹。不過如果她沒看我一眼，我還是覺得她欠幹。她憑什麼接近風景。風景又不會鳥她。

我想起小時候那種手可以伸到窗外的火車，空氣和人是沒有阻擋的。我不想再看這風景了，隔著風景和我的不止於是一道玻璃，而是我的心情。如果美麗被塗上憂愁，那就像終於過期的巧克力，再好吃也過期了，你還會想吃嗎？我不配看太久這美麗。我取出耳機，塞進耳孔。耳機線垂落，以一個弧度隱沒入我的短大衣口袋，裡頭放著一個CD隨身聽。我很老派我知道。誰曉得當年有這種CD隨身聽是很炫的。

閉上眼，當北原山貓的聲音漸漸靠近，迴音一般我宛若置身溪谷。那只是錄音間做出來的魔幻般迴音吧，好可笑。可我不知道我還能怎樣應對奢求和廉價。我把自己放入音樂中。原民的鼓聲澎湃清澈，他倆唱出第一句：有一個地方它的名字……其實，我很不專心。

旅途中

子：

爸爸雖然沒喝酒，沒酒味，但我覺得他突然嘟嚕嘟嚕跟喝酒有點像。我聽了不好意思，不大敢看他。還好只有三句。窗外的風景超正，有一艘大船，真的超大的。全班都在裡面上課該多好，我覺得整個學校都在裡面上課也是有可能的。還可以在甲板上或船艙裡面比賽籃球，邊投籃邊隨波浪搖。這也是一種喝醉酒，一艘船是一個大酒桶。我找了一個話題給爸爸。爸回答我這是貨櫃船，我想貨櫃船都這麼恐怖了，航空母艦還得了。我問爸航空母艦除了可以裝船、飛機、坦克，還能裝什麼，他說裝傻。我笑他太冷了，明明是潛艦才裝傻，偷偷接近航空母艦放魚雷。

海浪打來，場上十人都往同一個方向斜斜滑倒，球剛好出手，最後一擊就是在籃框上被搖進，我們逆轉獲勝。我忍不住笑出聲。爸拿下耳機問我在想什麼。他一副好奇心那樣笑。

他聽完說：「球從網子掉下來還打到裁判的頭。」我咯咯笑不停，人在位子上扭。突然我大腿被刺針飛彈擊中，整個人啊一聲跳起來，旁邊的姊姊也嚇一跳，看我半眼又把臉掉向窗外。爸忙問我怎麼了。我說有簡訊啦。我從褲子口袋拿出手機按。爸爸說：「吔，羽羽不要太激動，車廂內是不能打籃球的。」我點點頭，我很乖。我看到許鈺珊傳來：「羽，我決定不要和邱和解了，你不用勸我。我一點都不願考慮蜥蜴的告白，他給我的愛太過沉重。邱的嫉妒是毫無道理的，但我不願再對她解釋任何。該做的都做了，我不知道人為什麼要心機那麼深。」我立刻回傳給她，我才開始打，爸爸說：「你們小朋友回訊息都不先想一想嗎？」我說：「為什麼要想？」他說：「……不然會出錯。你要先理解對方的涵義，然後想一想該傳什麼，才讓她看了快樂，……或不快樂……」他自己講一半接不下去。然後他說：「當我沒說。」我繼續打完：「我不會勸妳阿。她是個煩人鬼。她對我告白過，但請相信我並沒接受。自從我借她數學本，她在我本子亂改我的答案害我錯兩題，我就超度爛她。還在本子空白的地方寫一個〝愛〞的上半部（沒有心和心的底下），我覺得她超愛鬧的。你想老師看到會怎麼想？不過大局為重，躲避球隊內場少不了她，還好籃球隊男女分開。」

這時旁邊的姊姊把扶手放下。我都忘了有這個，我也很想玩一下扶手。不過那樣不禮貌，被她先玩了。姊姊沒把手擱在扶手上。我按簡訊也不習慣手開開。

送出後，過十分鐘，這應該是自然課的時間，許鈺珊回傳：「羽你這樣說我就放心了。

對了你在哪。」我超快速回：「放心什麼？火車上。」她超音速回：「去哪」我送出：「台北」這時爸聲音頗大，因為他戴著耳機講話：「啊！你該不會對她說我們去玩吧？別說喔。……好啦！沒差，沒人來得及阻止。」然後繼續聽音樂。許鈺珊又超光速回：「尬嘛」我回：「等我回來八！」平常一個回合的簡訊往返，許鈺珊都是回最後一次的人，這次停了好久沒發來。外太空密語傳來，我同時聽見拐動腳步摩擦地板的聲音。爸跟我比了一下，表示後面那邊出現空位。嗯，藍芽先生下車了。我點點頭，他過去坐下。

超過快一小時那麼久，沉寂的車廂內，我的一條大腿被電到。我按出許鈺珊的簡訊：「老師對全班講你爸得了癌症，我當場飆淚。連邱也來安慰我，我很想叫她滾，卻抱著她大哭。你不要太難過，好好照顧爸爸！加油！一定會好起來的！！！！！！」我看了傻眼，她肯定哭很久。我回頭看爸，他閉著眼坐在斜後方的位子上，像睡了但沒完全睡著，正陶醉音樂。爸爸的那種神情，突然我又在想爸爸會不會根本忘記按play鍵。忘記按音樂，也忘記在自己身上按一下。我很不孝，剛剛一直讓他站著。我流出眼淚。原來我們是去台北看醫生，一定是這樣。

父：

真搞不懂小孩為什麼簡訊之間可以玩這麼久。自己跟自己過不去，鍵盤那麼小，小孩的手再小相對上還是大，折騰起來不累嗎。可他們操作得嫻熟精到，說真的我也沒話講了。簡直成了一門專業可不是。如果他們去做那種在米粒上刻字的手工藝一定也很強。我納悶的是，許多孩子那麼愛打字，卻錯字連篇，千辛萬苦在米粒上刻了一個字卻是錯字，或是刻了一個火星文，像話嗎？

總覺得小孩在簡訊中都是以廢話溝通吧，可廢話卻可以聊成熱呼勁兒。……想一想大人不也是，以前我下班進門，吔，回來囉我。吔！回來了啊。我和老婆這一問一答，不都是廢話。可少了它，卻又不行。有了它不覺得它是個寶，可少了它就難受。冷漠，多麼可怕的東西。到如今冷漠也省了，娘子跑囉，只在結婚照裡沉默的笑。彩色照片脫去了一層彩色，像一隻蠑螈那樣裸露。黑白照片變得更黑白，我不知道用黑白底片拍瀑布和牛奶和墨汁會不會只讓它們更失真還是更寫真。套句羽羽教我的——這就是人蔘。

這真是個千年老妖般的定律性存在。……我在講什麼。

有時候我真羨慕那些大男人主義者。現代家庭是在門口就要換拖鞋，老一點的年代，人到家了，踩進門來，剛坐下，老婆就欠身把拖鞋遞來。更早年，老婆看丈夫回家，還會打一盆水端來，把熱毛巾九（揪）了九，那毛巾九出的水聲和水花多有氣氛，做丈夫的接過來，臉上一媽（抹），這就是人蔘。

對角線延伸而去是羽的側背影。我可以看到棉布夾克上的線條。朱自清寫〈背影〉，爸爸離開月台後回頭看到小朱望著他，於是叫小朱先上車。但爸爸之前買橘子去的時候，沒回頭看，買回來爬上爬下時也沒抬頭望一下。大概是他爸爸知道自己爬的動作很驢吧，怕惹他同情，也兼顧自尊心。這個沒看，也還是看。想一想他父親也真心機，故意不看，惹孩子給催淚。這不就是搞悲情嗎。假使他父親爬的時候跟他比個勝利手勢V，之後給完橘子道別就頭也不回的離去，若說這才是真瀟灑，那真沒錯。可這也還是心機。這是反悲情的悲情。我發現我無法面對羽羽，連在他身後該準備做什麼表情也沒個準。我看著他，我想這是多麼虛弱卻值得標誌的一種看。我想把我的背影刺青在他的後背，把我的後腦杓圖案刺青在他的後腦杓。但我不想當他的背後靈。我看到一個天使的背影，他的翅膀正指著我。我想我領悟了什麼，我不知道，我只知道我給陷住了。領悟不如悟，領這個字很驢，好比羽羽的課本上寫的「清朝領台時期」，可見領這個字很空幻，只是來領一下，要不然可以一直擁有又何必說什麼領不領。應該叫「悟台時期」，這樣感覺台灣就動不了了。人都悟了，腦筋還需要多動少動一下嗎？編課本的人還真是詭計多端。我說，什麼是悟？呿，我不知道，我悟不出。我只知道人一生只有一次開悟的機會。嘿，俺今天又開悟囉！俺每天都開悟一次！這像話嗎。

這孩子來自於我，來自於我創造，是嗎？憑什麼我這樣認為。至少至多他不再屬於我，也不該屬於我，也不宜屬於我。不知不覺中他在創造自己，這段望的距離讓我更清楚了……些。車廂在晃，仍然。

那種不知來自何處的晃動，把我的雙眼扯鈴扯到脫線。幾秒之後我才聽到我的音樂一直沒關。不是我在陶醉音樂，而是音樂陶醉於我。不要再皺眉頭了，小時候我爸爸對我這麼說。國中同學藍藍（音：懶藍）也曾對我講，你一直皺眉頭，我媽說這樣的人眉頭會出現月亮，我說那不是包青天嗎？他說是月亮形狀的皺紋會留下來，而且包公是黑臉白月亮，你是痲臉黑月亮。沒錯那時我長了青春痘。但我說黑月亮是狗皮膏藥吧，他聽了吱吱大笑。回想起來這個點其實沒啥好笑，好笑的是他的樣子。藍藍比我矮，但體育很強，功課也蠻好，升國三的暑假吧？他在溪裡淹死。那時候我們分班了，比較少跟他一起玩，是聽他們班上一起去的人說的。我倒是沒去過溪裡游泳，只去溪邊烤肉過。那時候我沒感到多傷心吧，只感到惋惜。很快就忘了。可現在突然回想到，彷彿又聽見他的笑聲，也好像直到今天我才不相信他死了。藍藍跟我說過好幾次，說他姊姊談過我，說我很會模仿十二生肖的表情，但我對他姊印象渺茫，可又確定他姊模樣很正。我和她姊只在小一同班過，之後就不記得見過她半次。那時候我是寄讀生，相當於讀小學預科的一種詭異制度，不是每個人都當過寄讀生的喇。叫我現在訝異的是，原來藍藍的姊姊喜歡我！但我國小時不知道！國中時也聽不出來！……原來女人可以喜歡一個男人這樣久！……她現在還記得我嗎？我還記得她叫藍怡芬。

羽羽把我搖醒，我摘下耳機。怎麼突然走到我身邊，他臉色有異，跟考卷不敢拿給我簽名的表情相似。「你出來一下。」他冒出這句卻像男子漢「釘孤枝」邀戰單挑的口吻，雖然帶點忐忑，但以更堅決的態度道出。

我怯怯的尾隨他來到車廂和車廂間連結的小地帶。有個陌生男人正在兩節米腸，不，兩節車廂的過道抽菸。他兀自思索，沒看我們一眼。風從底部縫隙搶上，不冷才怪。

問明原委，這才分明。羽一開口就泛淚光，聽下去後我人罵幹你老師，我是罵羽的老師沒錯。我對他保證絕對沒得癌症，那只是脫身藉口。他聽了心下放寬，一委屈，大哭起來。我摟抱他也有一點點鼻酸總之。我覺得他老師太八卦了，非常不道德，就算屬實也必須為我保全隱私。他這招太惡毒，我懷疑他故意的，根本很高興得知我中癌症！害了我兒子、害了我兒媳婦。我的眼前給沾溼模糊，猛然想到我不也正是去尋死。很對不起羽羽，我在搞什麼！這樣等我死成他不是又得哭一次！我讓他心情洗三溫暖，但我真的沒辦法了。我意識到哭聲讓我身子震動不停，羽羽反過來安慰我：「爸爸不要哭了嘛。」我忽然閃過一念，現在就跳火車死！這樣順便報復到他老師。羽羽和外界，也就是這名抽菸的目擊者，便可以解讀成老師的八卦把我害爆了。……但我遲疑了，我錯過黃金機會，我幾乎為此崩潰。

直到哭聲漸息，身邊那個男的，趨身離去間，給了我一根菸：「賀啦！呷菫。」（好啦！抽菸）我說：「謝謝，我吃素。」他看一下羽羽，羽羽看一下他。他便對我講：「菸草也是素的。」我接過香菸，讓他幫我上火，他便離去。真洩洩一路上旅客們對我的啟發。

是的，是謝謝。

我們一起回去車廂，羽走在我前面，我雙手稍微按在他肩膀上，然後一隻手先過去幫他扭開門把，感覺手好像失去重力，搆不著，忽然「企」一聲，羽已經按下按鈕。我忘記什麼時候門把改成電動式按鈕。我們一起進來，可能我剛運動——哭過，需要某種召喚，經過羽羽位子時，我望見那個大學妹，於是我叫羽羽去我坐的位子，我想跟她坐。

「對不起，」我入座後就跟她講。「他剛剛吵到你。……我是說他收發簡訊。……我也吵到你了。」

她沒反應。

我們各自坐著不動，但她應該顯得不安。我沒塞回耳機，現在我不想聽音樂，我想聽安靜。

我很有分寸，雖然把手肘擱在扶手上，腿並沒打開開那樣坐，我又不是色情狂，懶啪也沒病打那麼開幹嘛咧。順著扶手下來到兩張椅子中間的那條縫隙，一條隱形的疆界，我的腿始終安份牴觸邊線而已。如果我無意中流利的越界一公厘，那也是車廂晃動造成的。

真高興，我沒任何不安的微波。我發現我可以對任何人敞開自己。這是以前的我無法達到的狀態。

雖然我的眼睛沒關上，但我處在雨中被窩裡入眠的舒服狀態。

約莫過了多久我不記得。手機響了，是她的。她講話的聲音好像很渴望講話，得到救命那樣。「張老師」主動撥給他。我仔細聽他們的對話輸入我人腦中的記憶庫。但如果問我他們聊了什麼主題或細節，除了小抄製作好沒，其他我說不上來。可能我對她只用小腦，或腎上腺思考吧。

應該這麼說，她聊的我幾乎都聽不懂，除了考試作弊是打從科舉時代至今一以貫之可以共鳴的，可以說是我們人生成長過程必然的相遇。她聊著聊著就自然許多，不斷難掩竊喜嘻嘻笑，讚美對方精心而大膽的祕技，靠你了啦……少林功夫好耶……請你吃牛排囉……不是「我家牛排」啦……是「貴族世家」哇哈哈……「台塑」好啊……但給你請……想太多……

並沒有……再說啦……我們本就是朋友阿。嗯，是「阿」，不是「啊」的輕聲，聽起來溫柔而狡黠，俏皮而世故。我的估計是——這個男孩會幫她度過考試難關，但追不上她。更具體的說法是，他上不了她。

手機講完，窗外景色依然。我說的是和昨日依然。

雖然還是死寂著，不，是活寂，我和她的……之間，因為這通電話放鬆不少。我當然很放鬆的，但我和她的「之間」並不放鬆是事實。也可能我和她各自無聊到有任何話題都好，儘管她不是對我說話。「你想看報嗎？」這是我和她正式搭訕的第一句。

「不用。」快速答覆後她盯看自己雙腿。

「我也沒報紙。」我說。

不作聲。

「有時候在空位上，會殘存一兩張報紙。我前妻想看，但不敢碰，怕髒。不是怕油墨，是怕陌生人摸過。而且總感覺看起來再乾淨也會附著便當味。嗯，我前妻。剛剛那個男孩是我兒子。……他叫羽羽。」

沒回應。雙手在大腿上像雞爪揪起。

「小孩都蠻可愛，但小孩子有時候很吵，之前吵到你不好意思。」

「不會。」

「其實，」我忍不住快要笑。「我前妻並不是處女座的。哇哈哈。」我笑了。

「我是。」

「啊？」

「是偏見吧。處女座沒什麼不好。我是，我媽是，我爸是，我弟弟也是，我前男友也是。」

「……真是一門英烈。」我說，「那你現任男友不是吧？」

「他月亮處女。」

「……真好。」

接著我禮貌性輕咳一聲。我講：「有個笑話是這樣。有個人去算命，算命仙跟他講，等你下一次印堂發黑的那天，你必然死於非命。他很著急，有救嗎？算命的說沒救，注定的，才叫作命。他超擔心的，第二天起床，到廁所鏡子一照，媽啊！印堂果然發黑。他心想完了完了。於是決定今天不出門，怕過馬路被撞，又怕好好走在人行道也被撞！車子爆衝衝上人行道啊這樣。好，他就窩在家裡，看電視。可是看一半他又想到，既然命運是注定的了，在家裡不也還是得死。他懷疑電視機會爆炸炸死他，或是頭頂上的電燈突然掉下來砸死他。越想他越痛苦，於是上吊，死了。後來，法醫來驗屍，發現他的額頭上有一小片海苔。」

肩膀鬆抖起來，講完我自己笑了。我想，她之所以對我的笑話不捧場，應該是因為她沒專心聽吧。也可能聽一半不想聽。這是我講笑話太拖戲了嗎？我不死心。

「你知道北原山貓嗎？」我自顧講下去。「北原山貓是兩位偉大的音樂家。一位是吳廷宏。一位是陳明仁。他們是原住民。這是他們的漢語名字。原住民很愛喝酒，胖胖壯壯的那個吳廷宏講過一個笑話，是真實的喲。就是有個原住民警察喝醉了，撞到砂石車。」我停下，以為她會反問什麼。我繼續：「你以為是砂石車撞到他？還是他開車去撞到砂石車？——都不是。砂石車停在路邊。他自己走路撞到。」我看她半秒，繼續：「他頭撞流血，繼續往前走。族人看到了，問他，警察警察，你怎麼頭流血？他一摸，沒有喇，那是保力達。」

我大笑，回頭看羽羽，羽羽也望著我發出笑意。雖然我講話聲音不大，他聽不見，但是他知道我在講這類笑話。大學妹還是板著臉。

「瘦瘦的那個陳明仁也講過一個笑話。你知道，他們兩個，一個有笑話，另一個就會跟進，不遑多讓，就像他們優美的和聲那樣。」我還沒開始講就笑氣發喘，前仰後合。「太好笑了，受不了。在台東的山裡，有一個新到任的菜鳥警察，他也是原住民。他在歡迎會上喝醉了，可是他馬上就要值大夜班，菜鳥嘛，一定從大夜班開始。結果半夜，他趴在電話前睡著。村里的卡啦ＯＫ發生糾紛，老闆打電話來報案。電話響了好久，好久，他終於驚醒。才接起來，對方剛好掛斷。他很氣，怎麼沒接到嘛。他繼續呼呼大睡，睡好熟。電話又響了，響好久接起來，又斷了。他想怎麼會這樣！不能再錯過了！乾脆站起來，兩隻眼睛直直瞪著電話不放，兩隻手胸前交叉，雄赳赳氣昂昂，很有責任感啊。等了一陣，電話響了，他立刻接起來：『喂！你好！』對方說：『大南派出所嗎？』他說：『你答對了！』」

我快笑到中風。

我懷疑她有聽障。依然不見反應。我眼前的這位美少女是蠟像。我回頭看羽羽，尋求他的笑的認同。他睡著了。

記得他還小的時候，……應該說更小的時候。當他沉睡時，我會對他說話，偷親他臉頰。不知道他能不能感覺到。有一次看電視談話節目，有人講，過去冷戰時期，一個台灣空軍飛行員，每次去敵境出偵察任務前會來小女兒床邊道別，小女兒長大後回憶講，他父親常抹一種古龍水，她在半夢半醒之間總會聞到一股香氣，這時他就曉得父親來道別了。那是道別的父愛的氣味。或許氣息中還混雜著父親的傷懷，以及小女孩自己的孤獨，和憂愁。不過這個故事讓我著實有點給它火大，那些飛官一向很凱，買得起古龍水。那一定是很高級很騷包的古龍水，陸軍身上大概只有蕨類爛草泥巴胯下的汗騷屎尿味。有一次我喝醉時問羽記不記得我親他，他說好像有。我覺得這孩子很老實。其實小孩子確實會記得一些事，就算他不記得，那也是大人先忘了。當他更小的時候，他肯定就不記得我幫他換過尿布，在他屁股上抹痱子粉，拍他屁股，他望著我咯咯笑，我說很舒服吧，拿起他的一雙小腿「拍手」，他笑得好響亮，怎麼有這麼可愛的小孩啊。即使他不記得了，但不表示我做的沒效果，那些動作被他的身體記得了，成為身體的一部份，隨著他身體長大，哪怕延展到我看不到的地方。只是，會不會這些換尿布的鏡頭被我太放大了，或許總的來說以前我根本沒好好照顧他，單說這個他母親也換的比我多次吧。他愛我有不小的成份是出於被迫，只是他意識不到吧，或他其實意識到了。停！夠了。

子：

和爸爸換座位後，我發給許鈺珊：「沒這回事！我爸好端端的！他要帶我去一〇一大樓玩，登到最高點可以看到全台北，還可以看到淡水河。做老師的人不該喇叭嘴，我爸說這個叫唯恐天下不亂。不過我爸說妳不必揭發他，讓他這麼認為沒差。」許鈺珊回我：「羽，那我就放心了。你知道我有多麼替你高興嗎。企玩芭。台北天氣冷，不要感冒喔。T_T我應該不會哭到感冒芭？…」我回：「厚！妳那麼強壯不會感冒的啦！我想睡一下下。妳午睡蓋好棉被。」我們說的棉被就是外套。她回刺一發：「等你。」我覺得莫名其妙，等我睡起來嗎？還是等我一起蓋棉被，我在這邊怎麼蓋。本來想回「不要等我」，但我不想沒完沒了嚕。

爸和我打扮成北原山貓。我們合作沿著一〇一玻璃牆壁爬上去。我們是運用攀岩技巧，爸說要訣是「三點不動一點動」。四肢一次只能動一肢，確保安全。有一次我踩空，太緊張，還好另外三點用力扣住。但我接下來不知道怎麼動，一條腿找不到點。爸叫我不要慌，先當作自己只有一條腿就可以鎮定。然後爸空出一條腿，往我伸下來，叫我抓著他的腿，學彈塗魚，蹬上去。我說好，一抓，卻扯下一條義肢。我手一滑，那隻假腿直直墜落，但我竟然還在原位，因為我戴了吸盤手套，貼住玻璃牆。爸在我頭上大吼：「還我腿來！」我說：「穿越一層雲就不見了，不知道現在經過幾樓。」他說：「原來牛頓說的是真的！」然後又說：「你重新檢查一下，搞不好下一道雲霧飄來它就躺在雲層上。」我低過頭往胯下看去，果然腿安躺雲端。我激動得對爸大吼：「你什麼都知道！」他說：「我不意外。」我說那現在怎麼辦呢？「不要放棄，繼續前進。」爸說完，我們又爬高五公分，一〇一卻自動長高成一一一。爸說：「這次的狀況異常詭詐。」我說：「我同意你。」這時爸從車廂前方回頭望著我笑，一身卻仍是原住民服飾。我不知道他笑什麼，但回他一個笑準沒錯。他朝我叫喊下達什麼指示，但我聽不清楚，只聽見旋轉的聲音，許鈺珊開著直昇機前來。她大喊：「接住！」繩索拋出來，繩端勾掛一條腿蕩過來，為了幫爸接住，我兩手一起離開牆壁，這很大膽！我抓到腿卻可能摔下！我趕緊順勢抱住腿往上一戳，喀喳一聲，進去了！腿裝入爸爸身體，爸其他三點催力扣住，我抓著爸的腿蕩回來。

我正尋找著許鈺珊道謝，她已經飛走。一滴淚珠從天空落下。我趕緊用鼻頭去接。誰知道，才垂落到鼻頭，我打了一個天大的噴嚏之後，一〇一牆壁突然噴出煙火，景象富麗！煙火超燙！但我鼻頭上的水份足以滅火。

可我們沒有這麼接近火的經驗，實在很驚悚，砲彈的氣流和聲音，只怕把我們不震落也震暈。我對爸喊著：「北原！呼叫北原！we are on fire！」爸爸回應：「山貓山貓！我們不就為這個來嗎？」我說：「話是這麼說，……」還沒說完，我倆攔腰被煙火噴出。我們尖叫一聲，爸大吼：「鎮定！噴一噴我們就不會有腎結石！」我說：「可是我們的腰有一個大洞現在。」爸驚慌起來，努力轉頭：「但是我看不到自己的後腰耶！」我說：「你從前面看也看得到，那個洞打穿了。」爸還要盧：「山貓山貓，那萬一我從後面看，卻沒有被打穿怎辦？」我說：「北原，前面看被打穿，後面看也應該是打穿。」爸回答：「有道理，但不見得，時間和空間的法則是可以被改變的。」我說：「你一定要現在證明什麼嗎？」爸還要頂嘴，我搶白說：「前面看被打穿也夠嗆了吧。」爸這才心想有道理，慘叫：「我們沒救了！……除非你還能打一個噴嚏，你再試試看！」我大呼：「噴嚏不是能打就打的喇！」爸堅決的說：「孩子聽我的，把你的鼻頭靠近火焰！」我反對：「這樣我會沒鼻子啊！」爸說：「但是你不也沒腰了不是嗎？」我說：「也對！……也不對！」突然火焰聲吱吱叫向我掃來，我朝煙火瘋狂大喊：「有種對準我的鼻頭！」然而火卻只燒熱我臉頰，還把我燒成無眉大光頭。

就在這時，我的口袋刺痛我一聲，是簡訊。我想如果接起來，我的手一空出，就會摔下去，爸果然有讀心術，知道我的狀況，對我說：「別忘了我們早就被火噴成懸空，按吧！希望不是垃圾簡訊。」我按出來訊：「羽羽羽羽羽羽。愛你的小仙女。珊。」我按鍵盤回她：「好想吃雞排。」她以光速回傳：「好巧我也是耶！我們一人三塊。」我覺得很奇怪，吃三塊多恐怖哇，是雞排又不是雞塊，忽然間就打了一個天大的噴嚏，完了我和爸就站在一〇一頂端上。我們看著腳下的煙火交織，砲聲隆隆，天空震動。

父：

那些風，竄流在這裡，從腳下或側邊沿著我的身子搶上。我站在車廂間的夾縫通道，很想等到那個人同他要一枝菸。忽然間他成為我的耶穌。這裡沒半個人，或許沒人來打擾我是好的。我想到會不會我真的需要一個宗教信仰？……算了我是快死的人。忽然我好怕耶穌忽然顯靈打亂我的節奏。那信佛呢？夾縫中會不會塞進一朵膨脹的蓮花？我要吃它一口嗎？我想起一位藝術家兼冒險家，名叫劉奇偉的傳奇老人，他在印尼原始叢林拍過一張照片，那年代沒有電腦技術可以修出這種照片。他站在一朵花前合影，那朵花的寬度大約是一部連結車，高度大概是兩層樓。那只光是花朵的部份，不包括花的莖啊枝的。這朵大花的花香也很巨大嗎？悟道後就沒事了嗎？如果不能悟道，花再大有用嗎？……說真的可能有。大花的花氣勝過小花，可是花氣的性質有變嗎？牛牽到北京還是牛，去蘇州賣鴨蛋不如去台北跳樓比較快。真讓我看到這種巨花，我的人生會起變化的吧？……太可怕了，我習慣這裡有荒涼的風，花瓣或花蕊千萬別擠插進來。

這時她出現。她有點嚇到我在這兒，但我不願看她。我告訴自己把臉別過去。但一眼瞬間我注意到她穿低腰褲。她扭開廁所的門，鐵軌間鋼鐵的撞擊聲持續從地底爆出，石頭飛浮，整個車廂一震，在這個空檔，我推她一把，並把我自己擠進廁所。我關門上鎖。

這裡的狹窄逼使我和她靠近，窗口很小，像是有人偷鑿的孔，斜眼看著。說真的我可能不緊張，卻頗激動。放心，我知道我不會太大聲。

「為什麼要作弊。」

我也不知道我為什麼第一句這樣。

「為什麼你聽笑話不笑。」

我更想說的是，我想上你。

「你想幹嘛？」我問她。「我就問你你想幹嘛？你為什麼在這裡？」

「我想尿尿。」她說。

她沒動作。

「你尿你的，我不打擾你。」畢竟我是紳士，「請。」

這時她表示尿不出來。

「你還沒尿你怎麼知道。我問你你為什麼要作弊。」

我記得她說我不敢了。我又重複問她為什麼聽笑話不笑。她說她腦子一片空白，不是故意的。你對我們父子很不滿嗎？並沒有。你有，我告訴她。

「所以你不怕冷，你為什麼穿低腰褲。」

她不支聲。我說：「也沒錯，全部的女生都穿低腰褲，所以你也不覺得有什麼突兀，是這樣嗎？」我催促：「是不是？因為大家都穿嗎？」她彷彿認為我的話有陷阱，不敢作答。我討厭她的聰明。我認為我受到誤會，整個惱火起來：「那你為什麼穿低腰褲，你說啊！」她哭了。我趕緊提醒自己小點聲。「為什麼好好問你你不回答呢？我好奇一下對你很傷害嗎？有沒有……有沒有……有嗎？……」她搖搖頭。「是啊，沒有嘛。」我要她親口講我沒傷害她，她終於複誦：「你沒傷害我。」我說：「對我而言你只是個沒禮貌的女孩子，不過我願意原諒你。畢竟這些都只是小事，就像我跟你在廁所裡講話也是小事，請相信我，我真誠的這麼認為。」

「我們之間需要點和平。雖然很八股，但我真……的這麼認為。容許我用真誠這字眼。」我發現我給真誠糾纏住。「需要什麼？人和人需要對話。只有更寂寞才能治療寂寞。現在請你和平寂寞的轉過身，別踢我馬腳。我以寂寞保證絕不碰你。」我斯文的催促她：「轉過去。聽我的，聽我的。事到如今信任比不信任更有益於你。」她遲疑著也只好配合。我叫她蹲下。告訴她放心，反過身蹲下反而比正面蹲下更安全，至少讓你可以不正視我。她聽從我的話。蹲下後雪白的肌膚露出股溝。我很興奮，女人的身體可以自動拉扯，移形出背、腰、股溝、臀部一整片。我好像在看Discovery頻道的生物。「好白。」我說。

接著我請她站起轉過身。我正面問她正面：「你愛我嗎？」她以一種機警的神情講：「我們還不熟，慢慢來咩。」她想哄我，我覺得噁心。「少來這套。真讓我看不起你。你根本不必答應，我只是想和你交心。」我真的生氣：「交心你懂嗎？你不懂。你對人欠缺修養，欠缺教養，粗魯又粗糙的女孩。」我緩口氣：「我太激動了，你還沒到下流的境界，也只不過是有點惹人厭。」

「我好想原諒你你知道嗎？我好想告訴你，你錯了，直到現在你沒對過一次。這讓我超想幹你。」我說，「雖然你沒錯我也想插你。但這之中還是不一樣的。……雖然也可能沒兩樣。……就算不一樣我也寧願希望沒兩樣。」她回答什麼我忘了，不外乎是求饒和緩兵之計的話術。我制止她：「停！……我不會這麼做的。因為我們瞬間沒有愛。只有我愛你，你一片空白。甚至你無法在一片空白中鍾愛我或需要我。你的角色只是聽，你無須回應，因為你太假了！遲來的禮貌不是禮貌。我希望你好好聽，聽完還可能愛上我，但我沒差，我大不了犧牲自己讓你愛我。我承認我必須慢慢來，愛需要培養。不過我的慢慢來和你的口是心非的慢慢來並不同。因為我徹頭徹尾，包括在廁所的每一句我是用心對你說話的。並且我不惜用自己的身體跟你的身體對話。我的動作和你的動作的對話。但我倆的動作都還不夠誠實。你只誠實的想作弊，我也不意外了。你這種人坐公車也不會讓座給老人，不必跟蹤你我也看得到。」

「我會……」

「你會？」她告訴我她會讓座。「一次吧？」

「不止一次……」

「算了。」我混亂起來。「我跟你扯這個幹嘛。那麼馬桶你讓嗎？」

我無奈著講：「我不想講到馬桶不馬桶這些髒東西。座位也不比馬桶乾淨多少，搞不好更髒。座位上的細菌都隱形躲藏著，不像馬桶直率的告訴我們它髒。你讓座也只是因為你是處女座，你怕髒，怕細菌，你並不愛老人，你把老人看作和細菌一樣髒。是的，我說多了，一下子給你太多你聽不懂，也記不住。讓你受到驚嚇，我理應道歉。這一切的發生不過是一種偶然，一種巧合，我事前也不知道我會推你進來。並非蓄意，並非預謀，也不是突發性的慾望。我的慾望跟著我很久了，只是呼吸的慾望。你以為我在辯解什麼希望你赦免我嗎？別這麼說，而且你不配。我會放你出去的，你可以開始像跨年那樣倒數，就快了。吔，等等出去你會報警嗎？」

她表示絕對不會，並會忘記這一切發生。

我笑了：

「忘了？你還真無情。釋放你之前我想知道一件事，你愛我嗎？」

她無言以對。

「至少，你接受我對你表達好感，ＯＫ？」

「我以後不作弊了……」

「那是過去式的喇。」我笑說。「我的目的不是懲罰你。不過我問你愛不愛我，我也過回去了。」我繼續，「真不能接受自己問你第二次，但其實我還想問第三次。可你知道嗎？我要把愛和性都超越掉。所以我不會動你的。你不用答覆這個問題或答應我說愛我。因為我真的會相信！」我平息一下自己。「至少你答應是明擺著涉險，這樣顯得我好不體貼。」我繼續，「我們交換手機號碼。這表示彼此釋出友誼。而且你真的下車想報警，還可以有個線索好依循。我也可以打給你約你吃飯，或問你報警沒。那是你的自由意志，雖然我覺得你沒必要小題大作，不過我也不在乎。」

在我的要求下，我接過她的手機。我打給我自己，立刻按掉。聽說西門町小鬼把妹都這樣留給對方。然後我告訴她：「吔，我要尿尿。你不尿我尿。你可以選擇看或不看。我前妻剛和我交往時喜歡看我痾尿，對男人的性器官很好奇。我也喜歡看她痾尿。想看我拉尿嗎？」她說：「可以不用嗎？」我笑了：「但我現在還不想。你尿吧，我先閃了。喔不！我要保護你一起走出去才是體貼，不然你尿完以為我還在門口，拉開門反而受驚嚇。嗯，這樣吧，你先尿，順便獨處一下恢復理智。我預約在門口等你，一起回座位，免得你以為我躲門口。」說完我拍拍她的頭，我真自然！我突然高興我可以這麼自然，而不是想鹹豬手。我扭開門，門軌滑動中我更清楚聽到鐵軌。「下車分了報警不遲。躲裡面打電話或發簡訊有個缺點，因為等等我還是在你身邊。」

她的髮質好柔細。

我幫她推開車廂的門，一起回到座位，看到羽羽正熟睡。直到下車前我和她並坐。她回答我她也到台北。除了列車長查票和叫賣推車經過，我們還聊了一段話，大部份的時間我在睡覺中度過，但我的腿始終保持頂多自然狀態下的越界一公釐。未經預先詢問，我買了便當和礦泉水給她。我表示吃不下沒關係，女生愛永續經營減肥我知道，但長途旅程會口渴。這是體貼她不敢經過我身邊去倒水。而且處女座的女性可能不敢取用鐵路局準備的那隻水桶。我身上不到一千塊還請客，但這種義行不值向她說嘴，不然義行至少打對折。我也買給羽羽吃喝。我自己一點不餓。

我喜歡她吃起便當，對我來說這表示不見外。她用筷子時，我注意到她的手真好看，塗著橘色的指甲油。但我沒提出讚美。都過去了。

我只跟她說她的側臉輪廓很酷。她說她覺得自己的臉太大。我報了一個牌子的瘦臉霜給她。她說她朋友也用這個！這牌子很少人用，真的有效嗎？我說可以問她啊。她說對方只是網友，不熟，當初搞不清楚怎麼加進ＭＳＮ，敲對方有點怪。我說是女的嗎，她說對，但跟男女無關。我說嗯嗯。她說：「就是這樣，不熟的人只會恩恩。」我不認為也不介意她指桑罵槐，反而她講：「不要誤會！我不是ㄉㄧㄤ你。」我說：「恩恩。」她笑了一下。我說：「我以為你會說顆顆。」她訝異說：「你也懂啊。」我說：「我看過羽羽上網。」然後我告訴她那個瘦臉霜是我某前女友幫我買的，但我沒說那是好多年前的事。我說你剛剛訝異我也用那個，是因為看不出它有效嗎？她呃……。我對她比著誇張的手勢：「我的臉本來像輪胎那麼大。」

第二章 在台北

在台北—1

父：

羽羽第一次坐捷運，顯得很興奮。我問大學妹一〇一大樓怎麼去，她叫我搭捷運，在市府站下。我們下火車後，我拍拍羽羽的肩膀，叫他跟姊姊說再見。我本想跟她講：「希望你不要介意今天的事。」想一想還是算了，這只是多餘的客套，而且我又沒錯。

到了台北我就收起耳機。我們走在台北捷運站裡面，人超多，我四周都是黑影，都是蝙蝠集體出動。說穿了，這裡的空間之所以大，只是為了裝人。說不穿，把空間弄大，根本不應該是為了把人們裝進去，大的目的應該是空曠。這時有個歐巴桑叫住我，問我：「淡水線在……在哪？」我想了一下，誠懇的說：「淡水現在還是在淡水。」

歐巴桑和我四目相對無語，羽羽搖動我：「是淡水線啦。」等我搞清楚，卻發現我無法幫助她。拒絕一個求援的人是不對的，這是我停下來幫助她的原因不是嗎。這時羽羽指著一個方向對她講：「在那邊！」我問羽：「你怎麼知道！」他說：「我有看牌子啊，你看。」我順著他指示的方向望去，果然。我很佩服羽羽，我的種就不一樣，就說孩子不必家長過慮是唄。我轉對歐巴桑講：「我們帶你過去。」她很感激，連聲道謝。一起過去時，我問她要去哪，她說她和朋友約在大坪林站。我問她從哪來，她笑吟吟說就住開封街。我們下到淡水線月台，幫她問了一個穿高中制服的女孩。我真希望在這裡能遇到剛剛一起搭火車的大學妹，但左看右看好久沒找到，於是我找個比她還年輕的女孩代替她。那個高中女孩指示在哪一側，並親切詳細的解說一堆，叫我們注意看車廂的牌子，她說這一條線又分兩種。我對她比大拇指說：「你是個善良的女孩。」她說：「不會啦。」我真想認識她，但不知道該說什麼。我轉問歐巴桑聽懂沒，她表示聽不懂。我對羽羽說：「我也不懂，你懂嗎？」他說他懂，對我們講解可以看牌子的顏色決定上車。我不認為我這麼笨，只是我的狀態使我無法專心聽別人講我不知道的事。歐巴桑還是很不解的樣子，我想請女孩跟她一起上車陪她，但我至少曉得她搭車的方向和歐巴桑不同側。四周很嘈雜，我的腦壓很重，我突然大喊：「我們要克服這個難關！」

四周整個靜下。

我蹲下來，用手指頭扣住前額按摩太陽穴，用拇指和食指捏眉心和鼻骨兩側附近。我想起在新訓中心時，師長訓話太久，毒辣的陽光下好多人背部全溼透，好像陸地上也可以溺水。草綠服染成一大片深色，並非血腥也透著哀涼。我想起浸溼的藍藍。有的人只好脫鋼盔蹲下來，躲在別的弟兄的陰影中。我覺得這些人吃不了苦，很沒用，但想不到我現在也蹲下來。我呼吸急促，我發現我反應過度。我被活埋在地底下，我不是個好化石。

我徐徐站起來，走到對面跟一個人，我甚至忘記他是男是女、大約幾歲，我跟對方講話，問說願不願意幫我們照顧老太太到下車。對方搖頭後退。我繼續就近找人問，不斷吃閉門羹。其間歐巴桑一直講沒關係，她自己會看。我心想你怎麼突然又會了，著實火大。這時站裡的工作人員過來，他一臉不屑的樣子問我們話，我發現他是個土台客的德行，自以為是這裡的土霸王，我不知道台北市還有這樣的月台服務員。我根本不想理他。他趕緊拿對講機回報，對講機也傳來聲音，我心想中共打來了嗎。終於問到一個人，那人是個女上班族，這時我比較清醒可以辨識出。總之她穿套裝。她說她比歐巴桑晚下車，可以幫忙。這時我感到一陣鬆弛，生理狀態好了蠻多。我忘記對套裝說謝謝。

我給捷運的車廂廣播搞到好笑。我和羽在往一〇一的捷運上。之前他問我是不是身體不舒服，我懷疑他懷疑我真的得癌症，不禁又愧疚起來。我拍拍他說：「你不用擔心我。我真的沒事。我沒生病。你比我有能。我很高興你的表現，你沒來過這裡卻可以這麼熟，我真的以你為傲。」在車廂內我平靜不少，所以車廂廣播沒把我激惹起厭惡的情緒，只讓我可笑那種報幕人的聲音，好像對全車說：「下一站，奈何橋。」這麼多種語言重複的都是奈何橋，尤其最後還來一段洋文：「nai-ho-ciao」。實在畫蛇添足，老外難道聽不懂國語「奈何橋」的發音嗎？

雖然台北比較冷，冬陽轉身退隱，出站後的我像洗過澡的通氣，地面的空氣和光線讓我感到精神。羽羽說他想背書包，我說又不重，他說可是那是他的書包。我想學生就是離不開書包，再討厭也是自己所擁有。我把書包移交給他，搞不好這可以讓他背著許鈺珊的小情小愛唄。一〇一大樓就在那個方位，醜不拉嘰的現形在我的視線內。它真的霸佔住一切，也真的很醜。它好像很多張塑膠小板凳倒反過來疊在一塊兒。我不是看不起板凳，尤其板凳的親戚摺凳還是七種武器之首。但板凳堆高成的摩天大樓，雖然摩天，也還是個醜。然後倒反的板凳上頭黏了一個像是籃球充氣用的球針，但又沒有球針那麼好看。整座大樓像是被灌氣成臃腫粗俗的貴婦，穿了一條老土的公主連身水桶裙。是套裝。作為首都的台北有這麼醜的東西實在離奇，這只能讓我更討厭好業郎。

子：

「台北真是一整個讚。捷運上還可以發簡訊。我現在是在地底下一百公尺發的喔。我們還幫一個老太太帶路，有沒有搞錯，我們是外地人耶。爸說老太太就住附近卻沒搭過捷運，可能來自清朝。他說老太太很屌，誰規定人一定要搭捷運。等等我們要去一〇一登頂。」我發給許鈺珊。她回說希望我下次帶路和她一起來台北玩、剛剛上音樂課在鬼叫、等等不想打掃。

走向一〇一的途中，爸爸跟我講，出來玩很好，可以見世面，可是作人要謙虛，不可以因為來過台北就很驕傲，因為比台北還進步的地方很多，而且就算去過全世界最進步的地方，鄉下還是有鄉下的好，世面見多了也只不過是個世面。他問我懂不懂，我說懂。他說如果一個人能夠活在清朝時代，那也是一種堅持，就算沒啥堅持不堅持可言，至少是一種不必隨波逐流的悠哉。這些他在捷運上就說過。我問他說清朝不是很弱嗎？他笑說這證明你功課很好，但有不少事情是課本無法解釋的。我問他是什麼事，他說反正幫助老人家是好事，而且我們還做到徹底完成，事情不分大小，能把事情徹底完成就是了不起的事。然後他又喃喃說這樣或許不夠徹底。他一直喃喃自語，比起先也比平時還多。我的書包被他背得不大順，三不五時快滑出他的肩膀，可能肩帶不夠長。他剛剛在捷運站蹲下過，我不知道該怎麼辦，出站以後我就跟他說我想背。他本來說不用，我跟他說我穿了制服就應該背書包啊。他笑說：「這樣才算一整套吧。」

爸說這裡叫信義區。我覺得這裡好像一座座的皇宮，有的顏色很動漫，有的像是水晶宮，裡頭好熱鬧，外面的人也好多，都在走動。有人在這裡辦活動，搭了棚子，我看到一個女藝人上台宣傳，爸說她在賣保養品，我說不出那個女藝人的名字，我問爸爸，他說他也不知道，但看過那個女的拍過一些廣告。爸說大家都太奢侈了，還是鄉下好，在門口泡泡茶開講就可以過一天。保養品又不能吃。他一直跟我講來台北不是為了讓我回去炫耀，問我懂不懂。並且雖然我們要去登頂一〇一但不表示沒登過的人就很丟臉。他問我你覺得台北女人漂亮嗎？這我沒在注意。他笑笑說女人都一樣，台北的只是「較饒裝」（發音卡饒增）。他說鄉下的女生的那股清秀是無與倫比的，除了你媽。我同意他的頭一句，我心裡只想到許鈺珊，不曾變心，再說這裡的女生年紀對我來說都太大，我只是小朋友啊。至於第二句，那是我爸耍冷，所以綜合起來我回答他我懂。

一〇一真的超巨大的，那麼高，一定可以跟外星人溝通。爸解說一〇一為什麼醜，他講話常常沒看著我，是自言自語，但他又很高興有我這個聽眾。我想像黑夜來到，一〇一跨年放煙火的樣子，簡直就是火箭升空，而且它有個很大的底座，就像火箭的發射台，以後我一定要和許鈺珊來跨年！我現在就可以聽到煙火轟炸夜空的砰砰聲，分裂出一朵朵花火，爸爸的聲音被遮蓋，我讀著他的唇語對著他笑。

後來爸爸不再發出聲音。

父：

幹踏馬的，台北的女人可真妖，太正了，這種彩色褲襪，那些腿子，我好想衝上去扯破。我不覺得她們該被色狼強姦，但她們都很欠我姦。我不懂女人為什麼這麼可笑，十個有八個穿衛生褲，然後都燙著毛毛的獅子頭。我知道它叫內搭褲，說穿了就是衛生褲，只是換成各種顏色的倒也是創意。都是跟風，可笑。但我必須承認她們是正的。可是剛剛有個清湯掛麵穿破洞牛仔褲經過的女仔，我覺得那種俊秀帥氣更特殊。不過她的粗框眼鏡倒也很貴我知道。另一個穿套裝的熟女也很優。可是話說回來那些獅子頭也是惹我想幹的。去他娘的，一〇一是一根超大型的陽具，跨年的時候大噴精，男人叫好，女人尖叫大高潮。噴得又多又濃噴不完，我的陽具就像一〇一大樓狂噴狂放放煙火。一〇一射幾下就停了，花錢搞這套又捨不得花大錢，人民就為了這幾秒。我射得都比它久。女人之所以賤，不是因為她們想被插，而是不承認她們之所以愛看一〇一的煙火是基於對陽具的熱愛與執迷。你們不承認自己看煙火時其實下體是溼潤的，那是因為你們活得太假太虛，要不然就是因為你們無法意識到這溼潤，那麼我該包容你們的腦子乾，誰還能像我這麼清楚又這麼慈悲。我其實不希望我的老二像一〇一那麼大，我只希望我全身長滿老二，一次可以幹好多種、好多個妹子。我要當千手千眼千屌的觀世音菩薩。

一棟大樓可以生成這種德行，這只讓我更想從它頂端跳下。幹。幹幹幹！居然有個老外捷足先登，比我搶先跳下一〇一。我早就有這個計劃，我才不想學人。而且說穿了他是做高樓跳傘的表演，也有人配合支援，他求的是拚刺激和破紀錄，以及贊助商供養他的錢財。我可不是。我是為了死。就算你偏偏要講我學他，講我是模仿並非原創，但別忘了我是孫悟空，我大鬧天宮，我這一跳充滿價值，而不是為了爭紀錄。這是不折不扣的尊嚴。我的人生毀滅了，我身無分文，我負債累累，但我還擁有很多人早已喪失的尊嚴。我往前邁出一步跳給你們看，證明我就算被打倒也不會向後仰的。沒有人可以譏笑我，因為我敢這樣跳下來，因為我懂選擇一〇一來跳。我要在地面上印出我的人形模子，就像好萊塢中國戲院前的明星掌印那樣流傳下去。我不是為了出鋒頭，這是我和那批藝人最大的不同，我至多是出口氣。我們都被這個可怕又可惡又可恥的世界糟蹋了。今晚我將是代言人。我沒什麼好傳教好佈達的，我直接用我的身體進行演說。沉默的跳下來就對了。死還需要理由嗎？沒錯，死是有理由的，只是我們不再需要理由來牽拖。

我察覺我在入口處停了許久，身體和嘴巴都停住。羽羽望著我。他隱隱察覺我的憂愁。終於我說：「走吧。」然後在門口我問了一個人，除了拿菸，他手上沒別的，穿著和樣子是在裡面的辦公樓層當上班族，出來放封吸菸。他告訴我上景觀台要先到五樓、坐電梯直達八十九樓是室內觀景台、九十一樓是室外觀景台。

羽羽第一次踏入一〇一，我也是。我們乘著窄窄的手扶梯徐徐升起，每一層樓彷彿螞蟻的洞穴，每個洞穴透出明亮與光鮮，我可以俯瞰下一層樓，也可以抬頭預覽上一層樓，我發現四周在轉動，我訝異這種設計上的巧奪天工。每個蟻穴所散發的貴氣讓我止步，原來螞蟻也有這麼高級的，這裡的店員不必我接近看，我就聞到她們身上散發蟻后的氣味。她們還只是店員或店長而已，真正的蟻后是我想看也看不到的，肯定是更陰森、更高級、更華麗綴飾的一隻龐然大物。我感到噁心，我看到巨型螞蟻的觸角騷動著，我想吐，我也想哭，因為我發現我在殺死她們之前竟然真心想下跪。我想起我去過的京華城，那顆大球體裡面的佈局，也叫我出人意表，我以為我可以過目即忘，或許吧，但它、它們，出現的剎那仍可把我一腿掃倒。就像一個自稱對A片和女人麻木無感的偽君子，說到底最先投降的就是他。說穿了很多標榜自己犀利敢言和清高不群的人不都是最投機的人。那些自稱，噢，A片看多了沒感覺的人、我對女人男人很挑的人，是最賤種的人。這些建築師和設計師太了不起了，我注定這麼卑微與無知，除了禮讚柳暗花明別有洞天的這座精密建築，我不知道我有什麼價值可以存在。我如果是地球也不配搖動一場地震來毀滅任何。我是多餘的。一〇一和京華城內部，讓我好像進入庇里牛斯山區所發現的史前時代塗鴉線條的洞穴，我記得它叫「三友洞」，三個損友發現的吧。法國另一處還發現一個「拉斯考洞穴」，我好像那些洞窟藝術的發現者，目睹原始人繪出的壯觀壁畫，那些長角的怪獸和巫術的圖案經過我火把一照，叫我嘖嘖震驚瞠目結舌。我不配說話，在名廚面前我不配談美食，我造不出大工程小花樣，無法烹製繁複的料理能夠裝在一個盤子裡上桌。就別說大飯店大餐廳，擺麵攤的老闆同樣叫我慚愧，他們俐落的把式，無論下麵起鍋或拿著小匙子添料的韻律，都叫我看了驚覺我是個廢人。為什麼我要講「就別說大飯店大餐廳」呢？因為我心中有比較級，認為那比麵攤高級嗎？所以我看不起麵攤吧？我以為我沒看不起誰，壓根我還是歧視什麼、區別什麼、拿尺劃線。原始人塗鴉是不需要尺的。不是這樣的吧，那只因飯店的料理比麵攤繁複精細，不表示麵攤沒有學問啊。我沒看不起誰。我好餓。我竟然發現我餓了。從不想吃也不屑吃，進而我不配吃世上任何東西，總之我餓了。

我好頹喪我餓壞了，更頹喪我失守於追求真理的制高點。在繁華富裕面前我是多麼羞恥，我無法理直氣壯。我連死也不配了，我如果死了也不配投胎，人家說一〇一的電梯時速六十公里，世界之冠，三十七秒就可上達「天聽」，比等一個紅綠燈還快。我投胎搭這種電梯會不會太快，快到我還沒忘記前世。還是快就使我不必記得太多。只怕越快記越多。如果不配投胎我只能當遊魂，好處是天天免費坐三十七秒的電梯，或許這是懲罰。連懲罰都這麼老套，只是工具多新潮。但新潮總比舊潮好唄，至少可以看到電梯裡的各種正妹子和辣娘娘，不必刻意去街上找。我還不配談苦，我一生的失敗那是我活該，只是孩子受累。他媽媽應該帶走他的。不，我是他媽也不會帶走他吧？而且還可以順便讓孩子見證他前夫的失敗，讓我沒話講。苛毒的女人。原以為我不再迷惑，也克掉頹喪，可以死得從容而氣魄。我該怎麼辦。（口白）陳：好久沒有給你看(幹)到，你哪裡去了呢（內）你。吳：我在台（呆）北嘛……

妹妹的男朋友　完全都是男主角
像我們這麼醜的男人　哪有資格愛上妳
妹妹的理想　沒有我的存在

唉呀害我天天的馬拉桑
我最親愛的心上人　我最親愛的沙呦那拉
叫我怎麼能夠忘記她
歐基桑啊歐巴桑
我該怎麼辦
叫我怎麼能夠忘記她

多麼悅耳輕盈的歌聲啊。是啊或許我不該改變決心，誰說悟道者才配死，迷惑者也可因迷惑而死啊，而且是迷惑又怡然的朝死迎上。我這樣謙虛或心虛的死也好，我不是跟羽羽講人不能驕傲嗎？

子：

四樓是一大片餐廳耶。爸爸說餐廳像是蓋在環山河谷的一階小梯田上，我覺得這裡像是天空之城，大家在這裡吃得好開心。我在想，晚餐就在這裡吃該多好。但我很乖，並沒有講出來。爸爸最近手頭緊我知道，等我長大賺錢請他來這裡吃。我們穿越餐廳，上到五樓。傳說中偉大的觀景台入口到了！

這裡的地板上蠟，我簡直可以溜冰，時速六十公里一溜直達九十一樓，衝啊！……我發現保全在看我，他們穿得很像突擊隊，頭戴突擊隊的扁帽。爸爸看到我這麼樂，他也跟著哈哈大笑。他小小聲故作神祕：「出任務前要鎮定，敵軍在監視我們。好，上路吧伙計。」然後他走向賣票的地方。突然間他整個停住，急凍人。

爸爸的臉好像給白油漆刷過。他望著票價的牌子不放。

我懂。數字我看得懂。然後我看到他的眼神仍然放在牌子上，一邊把手偷偷伸進短大衣口袋。我看過《無間道》，我懂。然後口袋稍微鼓起來，不是因為錢變多了，而是他的手指頭在裡面摸和算。是這樣子，警察局有內鬼，有壞人來臥底，那個內鬼就是劉德華，他怕別的警察看到，就把手伸進口袋，口袋裡有手機，然後他的指頭很靈活，不用看鍵盤就可以偷按簡訊通知黑道老大曾志偉。爸爸還是不放過牌子，好像盯久之後數字會變化似的。爸爸的聲音卡卡的，乾乾的，他喃喃說話，又像唱歌：「唐山過台灣，不需要錢。」接著他說：「夜襲。」明明就不是晚上啊。而且四周是一片黃色柔亮的燈光和地板乾淨的反光。爸看出我的疑惑，跟我說：「模擬夜襲。在夜色的掩護下，敵人看不見我軍行動。」爸停了半拍很快說下去：「日蝕，是日蝕。」我配合著點頭：「日全蝕。」他斜視我一下：「對。」他的視線很快掉回去，仍看著牌子。雖然是日全蝕，數字仍然只有一種樣子掛在上頭。「掉進一個蛋黃裡。」說完他回過神，小聲對我說：「羽，你身上……」我趕緊說：「我有二十元。」爸爸吞口水：「我不是要問你這個。」爸把我拱到一旁，眼睛一直眨，好像睜開很吃力，懷著歉意說：「我不該請那個娘們吃便當喝水，女人始終給我帶衰。你聽好，……」他很慎重的交代我任務：「你必須上去。懂嗎，你必須上去，不要反問我為什麼，說好就好。」我很難過，答不出話。雖然聲音還是壓低，但他語氣威嚴而急促：「我，我以上級的身份命令你！……電梯快來了！你他媽給我上去！走！」他掏出四百塞給我。「兒童票三百七，找三十塊給你湊五十放身上，湊個整數會帶來好運，男人出門在外需要用錢。」說著他呼出一大口氣，說：「我亂了，重來。你等著，駐守這個機槍陣地不准撤退，我掩護你。」然後他過去買票，喜孜孜回來，用跳八家將的動作歪過來我身邊。他哈哈大笑，超興奮，把票放我眼前搖晃，然後抓起我的手，連票帶三十元零錢塞給我。「我怎麼這麼笨，我拿四百叫你去買，成人票剛好一張四百，你買回來買一張成人票成全我怎麼辦，推來推去像話嗎？時間太多！這是一個千鈞一髮的危及存亡之秋你知道嗎？你書包給我，你要盡速以時速六十秒離開，三十七秒就可以決定一場戰役，你不用說話，我跟你說我對從地上或從天上看台北都沒興趣，台北根本沒什麼了不起，網路上的衛星地圖我還可以看更多地方咧，而且我以前上去過了，我怕你嫉妒所以一直隱瞞你。」我知道他說謊。「這很重要，你一定要上去，上去看一眼不是表示投降也不是表示炫耀，可是！雖然炫耀不好但至少你將有炫耀的權力！聽我的，你上去，我在這裡等你，這是命令！」我脫下書包，我告訴他：「我不能再同意你更多。但請你願意讓我把手榴彈都留給你。Molisaka。」他欣慰點頭。我把五個十元取出遞上。他只收一個，退給我四個。他表示對傷員來講放四個在身上反而過於沉重，不便匍匐前進。他把手放在眉梢敬禮：「我會記得你。Molisaka。」

我看到很美的夕陽和河流。我在一〇一登頂成功。我在觀景台發簡訊給許鈺珊。我向她做出告白。

父：

會師之後，看到他樂不可支，我心情大放煙火。說來這也是我斷後有功。興致一來，接著我想帶他逛四樓的Page1書店，聽說是新加坡系統的書店，裡面好像挺炫的。只看不買沒差，羽羽還是會感到新奇和收穫。可我好餓，我的胃一直分泌什麼攪擊我，尤其剛剛打完一場仗讓我更餓。或許這是突然讓我活過來的一種感受。可是現在吃的話算蠻早的，萬一午夜肚子餓怎辦。也就是說跳一〇一自爆的計劃滅絕後，我還該死嗎？……該死的，沒什麼好動搖的，但我該換怎麼個死法，以及該在午夜還是黎明以前死？午夜前沒死成，萬一肚子餓了怎辦？灰姑娘抱著南瓜吃嗎？我沒有餓的權份。午夜不餓，黎明後沒死我他媽還得找吃。我只想再吃一餐就好，下一餐來臨前我將放棄抵抗。耶穌驚我為知己。等我一死，羽羽抱我一哭，警察過來，自然會帶他回警局，也就不得不管飯。耶穌啊，你自己可別在雞鳴以前錯過我三次。

權宜之下，還是忍一忍先不下美食街，把時間在Page1用上。只是我沒忘為什麼要帶書包來。是該買一點小禮物給他和許鈺珊，讓他裝書包裡回去，搞不好還成為他們的定情之物哩，哇哈哈。別的精品店那些我一定買不起，也沒必要買給孩子奢侈品，這裡或許有便宜的小東西適合兒童。醒醒吧阿宅叔，你的胃比你的心還宅，這裡買了，美食街也甭去了。

羽趴在一張大沙發上看書。看著這鏡頭，我實在覺得奢侈沒什麼不好。也不過是一張沙發，談不上啥了不起的奢侈，而是觀念上讓你知道舒適一點看書並沒錯，而且根本很對。我不得不承認我是個老土。讓社會前進、讓我們享受吧，沒必要把樸素拿來玩啊。……可，記得一九九幾年到過北京琉璃廠的書店，那些書店沒啥特殊設計，沒打算讓你知道知識是一種享受、享受是一種知識，只見陽光打進老木頭的書店，那才是雋永吧。……雋永在於無經雕琢，不必驚豔什麼的驚豔。那裡，至少那時，不存在新時代書店精心揀選安上的那種木頭。或許木頭猶原是木頭，只是換個地方變了味，被人類偷換上了時間。設計真是一種可怕的東西，它給你假的東西。……可時代進步有錯嗎？給你好看好躺的沙發你躺了還嫌它？……一定是我不配活著吧，還是我只是太記得以前農業社會坐過的小板凳、住過的小磚房、蹲過的爛茅坑、以及我屁股用過的粗糙草紙、用來刮屁屎的竹片和石頭。我被那些記憶害了？其實我的長輩才用過竹片和石頭啦，講得我好像很想用似的。……我想起年輕時來台北逛書展，在信義路和新生南路口一帶有個叫國際學舍的地方舉辦，沒有什麼高級或低級的裝潢可言，只看到很多書，書展不就該這樣就好嗎？……

往地下樓的平價美食街動身前，我跟羽羽講我要上廁所。我告訴他這種地方的廁所一定很高級，值得在廁所住下來。他說他要跟。那好，不拉白不拉，大家一起拉一拉的喇。結果頗失望。我告訴他一〇一的廁所不過爾耳，不像五星級飯店的廁所那麼寬敞舒適，空間、隔間、動線經過設計種種，我比手劃腳，他嘖嘖稱奇：「是喲！是喲！……」超崇拜我的。好爽。

太帥了。我們在美食街繞了一圈，快走完時，相中這家南洋麵食店。我跟他講四樓的書店是新加坡人開的，太巧了！現在我們就來吃新加坡美食。他聽了超振奮的，撩起衣袖準備大快朵頤的樣子簡直就像準備幹架。我趁機再次告訴他新加坡有多進步，之前在書店我講過，現在再聽一次更好下飯啊。我建議他點「南洋肉骨茶牛肉麵」，他喜歡這個建議，我知道他愛吃牛肉的喇。我點的是「南洋海鮮麵」。兩份不同還可以交換吃。一客一百三。我出兩百四。請羽幫我頂二十。這樣他身上還剩二十。我沒告訴他我錢不夠。我告訴他，你自己出二十更有價值，表示你是個獨立的男性，吃起來更香。

我們吃得乾乾淨淨。我們頭很少抬起，我投入在咀嚼和吞嚥的每一個moment，他也是，吃得呼呼嚕嚕。其間我回過神來，跟他講：「人一定要幻想自己是豬，而且幻想自己吃豬食，這才叫吃飯的藝術。」他嘖嘖吃著，不看我：「你說過八百萬次了啦。」

子：

我們在這個書店待了一兩個小時，這書店很棒是沒錯，但爸一直講它多棒多棒使我耳朵很累。無論是美國還是新加坡，對我來說都太卡了，鑽不進我的耳朵，因為我一直納悶許鈺珊為什麼還不回簡訊，而且手機快沒電了說。我沒有替代的電池，當初爸不給我買，他怕我巴著手機不放。我趴在一張大沙發上看繪本，爸問我舒服嗎，我說不錯。然後他拍拍我的頭，說他先到另一區逛。然後我趴著睡著了。睡到一整個忘我的境界。大腿一刺，我醒過來。超誇張，這時候天花板好高，我發現我是躺著醒來的。我仰頭看著上方，好像各種顏色往我身上落下，這種感覺超妙的。不妙的是，繪本被我的頭壓到，摺了一個大角。事到如今我只好把這本書幹下來。算了我沒時間當小偷，我趕緊把書歸位，然後才屏氣凝神按出許鈺珊傳來的訊息。

「dear羽，很抱歉我必須思考這麼久。對我來說這是一件很重要的事。一直以來我不願太早碰感情。你的話語讓我傻眼，我一直以為你只當我是朋友，我也並沒考慮過你這型的。」我的心臟撲撲跳，繼續讀下去：「這是一道和味覺開玩笑的菜。拿筷子對我太艱難。我必須跟你坦承，我是一個很難搞的女人。你真的考慮好了嗎？持平來說，她真的對你蠻好，至少比我對你好太多。我的任性驕縱連我自己都受不了，我懷疑我們能發展出什麼體系。謝謝你在二〇一的雲端間還不忘發給我。但我覺得我們當朋友比較適合吧。比我好的人太多。一生隱約，在白雲外。珊」

這些小液晶螢幕的字，突然放大好幾倍，一字字撞擊著我。雖然我的手指頭發抖，我立刻回覆她：「幹拎娘機掰」

不多久，我的手機熄滅。電力終止。

我跟爸在書店的某一頭會合，我說我想上廁所。他說剛好他也想，就帶我去。他說：「還好你提了這件事，我到任何地方都要尿尿的。因為喲，從廁所的規模和設備可以看出文明進步的程度。」不過他對一〇一的廁所感到掃興，覺得太普通，他說這證明一〇一不過是一場騙局，老二再大也沒用，大而無當，醜就罷了，拉尿的配套都淪喪了。然後他一直講大飯店的廁所多正，我真的聽不進去，因為我的心早已崩潰。他問我他是不是很博學。我說是。他說他很想帶我去大飯店上廁所，順便喝個下午茶。換作平時我再心煩也不得不同意他，既然如此，這一次至少我有捧他的場：「沒錯，簡直是天堂啊。把拔（爸爸）你都可以上天堂，我都只能住套房。」他聽了就不說話。我不是故意讓他難過。

實在是餓昏了，卻還不趕快停下來點餐。那封簡訊讓我成了殭屍，有血放在我面前我也要吸。如果有豬血糕或豬血湯我一定點。我現在的心情和體力只想大吃一頓，然後爸還在那邊講書店和麵攤都是新加坡的多巧。還沒等我開口，他幫我點了南洋肉骨茶牛肉麵，其實我根本沒多愛吃牛肉麵。不過是南洋，又是我沒吃過的肉骨茶，我想這樣應該也不錯吃吧。我還以為麵裡有茶葉呢。我沒有不聽話，我知道新加坡一定像爸爸講的那麼進步，南洋一定如爸爸所說的充滿魔法和巫術，我很想回去以後可以跟許鈺珊炫耀，但這一切都沒意義了。我低頭狂吃，說真的超好吃，可是我明知道好吃卻沒有平常吃到好料的激動。爸爸倒是超爽的，假如我突然把他的筷子和湯匙拿走，他一定不搶回來，只趕快低頭把嘴埋進碗裡。然後我們還交換吃，他說我的比較好吃，想哄我開心。我覺得他也沒必要這樣。不過說真的我也比較喜歡牛肉麵。爸爸指著空碗公發表感想：「嘿嘿嘿，什麼叫藝術的境界？一個字，吃。」

天色完全暗下來很久了，我們還在信義區閒晃。路上人還是多。晃到美國咖啡店附近，爸叫我在露天座位等他，進去要了一杯水給我。他說他猜我一定口渴。大概是吧。我問他我們什麼時候回台北，他說今晚就在台北過夜。我問他我們睡哪，他說男子漢一定要體驗過睡露天，開始講他當步兵行軍的一些故事，包括裹睡袋睡在石頭上遇到下雨，嘴巴喝到雨水驚醒。說真的這個故事我沒聽過。然後他還要講當兵的鬼故事，我叫他晚一點再講。他說：

「對！這樣才有fu。」

在威秀影城附近，因為腿痠了，我們坐在地上。爸說再晚一點，對面那間會很熱鬧。他以神祕兮兮的口吻講：「那個就叫夜店。」意思是我回去可以跟同學現這個。他問我：「怎麼，想去嗎？可以虧美咩喲。」我教訓他：「聽說那邊是不好的地方吧，你知道嗎，我只是小朋友，我們為什麼不去木柵動物園。」他說：「那邊也是動物園。」我忍不住，我講：「拔（爸），你的手機借我好嗎？」他說：「喔？沒電了喔。」他拿出他的手機交給我。我把背面的蓋子打開，一邊解釋說：「我必須換sim卡。……其實……」我的嘴張開後發現好像被黏膠黏住，手上的動作也停下來。爸望著我。

「嗯？」

「我卡關了。」

「我不懂。」

「我出了點狀況。」

他叫我告訴他。我就說了。

想不到他聽完大哭大笑起來。

他像豬把臉埋進飼料槽起不來，低頭把臉貼住兩隻手的手心裡一直哭笑。那也很像有人把他的頭按進一個蛋糕或馬桶不讓他起來。等把臉抬起來，好多眼淚，雖然他用力抹掉了。

他說：

「你回什麼？」

「……幹拎娘機掰。」我不好意思的說。

「沒打驚嘆號嗎？」

「……忘了打。」

「很好，這樣比較酷。」

我不懂。他笑說：「交給我。你放心，她是愛你的，只是卡在技術環節。」我說：「她不愛我。」他說：「相信我。你先看她回你什麼。」「她會回嗎？我跟她翻臉了耶。」「她會回就表示愛你，無論她回什麼鬼。」

我裝好sim卡，開機，果然響出簡訊訊號。我看過後，一頭霧水，交給爸爸。爸看了說：「她比你媽可愛。」

爸告訴我怎麼回，逐字逐句告訴我。我輸入好，按送出之前請他過目。他看了還給我：「送出吧。」我正要按，他阻止我：「等等！補一句，說我爸的手機也快沒電了。」我說：「為什麼？」他說：「她會趕快回你，沒時間多想。」我說：「酷！……不行！她會回：那你回來再講。」爸發愣：「……也是。……你比我聰明還要我教你。」

不久許鈺珊回訊。我看了很滿意，坐在地上兩隻腿一直踢。爸接過去看了，也在地上打滾。他故意這樣誇張的。他還說：「這裡有泥巴多好！」我說：「你是豬喲！」我哈哈大笑，他乾脆躺到我身上打滾：「你是我的泥巴，我是你的豬八。」沒錯，他省略戒。他很得意說這是他臨時發明的經典名句，叫我以後吻許鈺珊時可以說。我才不要。

這一晚，簡訊搞定後，爸起初很開心，他還興奮的叫我快去前面那個廣場看人甩火把，超酷的！我有問他要不要去，他說我去就好，不要跌倒。回來後我跟他講火舞啥的，他雖然拿下耳機，但也不是很專心聽我講，眉頭出現半個月亮。我在他旁邊坐下，我坐不住，站起來晃手晃腳學甩火舞。爸說他有個老同學，起床就要去公園甩手。然後他甩給我看，兩手輪流繞來繞去打在肩膀和後腰。「超遜，對不對？我叫他練平甩功他不要。不過也沒差，他喜歡有聲音吧。」他笑了笑：「反正都是老人操啦，不像你這個火火生風。」我說：「是虎虎生風吧！」他捏眉心說：「我居然說錯成語！」沒錯，他常說成語是他的強項。我看他很難受的樣子，想起一件事，問他之前為什麼哭，我很驚奇他的反應這麼大。他用手緩緩戳放在胸口，輕聲說：「你爸很慚愧，不知道你有心事。」我說：「沒關係。我也是後來才看出你有心事。」他搖搖頭，又搖搖頭，又搖搖頭。我說：「你何不告訴我。」他眼瞇瞇笑起來，學我講話：「你何不告訴我。你講話跟大人一樣。」我說：「我一直是的啊。」他說：「兒子啊，如果我去住天堂的套房，我會保佑你。」我說：「長大我一定會賺很多錢跟你在大飯店上廁所，……不，喝下午茶。」

午夜左右，爸逐漸惆悵不說話。我研判他沒在聽音樂，耳機是戴假的，音樂也是停的。有可能是氣溫變低，我問他是不是。他說不礙事。又自言自語說，礙什麼事？說完故意做出笑的表情。他對我講解，總之是一種沒關係的冷。問我冷不冷，我說不冷。他說小孩子身體向來熱呼呼很神勇，他說自己退伍太久，以前當兵時多麼不怕冷，碰上寒流來也露天洗澡嚕懶啪。他邊講邊兩手比動作，我狂笑。

很快他又沉默下去。不知道什麼時候對面吵鬧起來。喔咿喔咿警察車也來了。是夜店！

在台北—2

父：

台北真是個詭異的城市。如果從高空往下看，整個台北午夜還在發光的地方，我想是不會太多了，信義區的這裡是其中極少數的一個螢亮點。隨著夜晚，台北大部份的地方陷入黑暗，已經不像民國七十年代是個不夜城，台北是個盆地啊，一個夜空下的金盆，越熔越金的一個金盆，半暝無論在哪個角落還都有那麼多計程車跑著，還載著客人。眼下的黑暗區域是那麼深大，讓我覺得這個發著光亮的區域反而不屬台北似的。太屌了，我可以在這個鬧熱滾滾金碧輝煌的地帶，這些精工的建築和設計包裝底下有我，坐看著這麼多妖嬈時尚的人，我真的超high的。雖然我有錢也不會這樣穿吧，但我真喜歡看這些形形色色的人，和身體。所以說我這個人很極端的話，我是反對的。我分享人的快樂，這是我對生命的熱愛，對人間的尊敬和頂禮。我分享窮人的快樂就像分享富人的快樂，反之亦然，這樣才叫分享。看著他們這樣活力而招搖，每個人都是男模女模。是啊，為什麼不能自以為是男模女模呢，有點自信有錯嗎？我懂得分享任何生物體的快樂，所以我大可不臉紅的宣稱我洞徹生命的意義。我整個愈加縮小，站在巨大鑽石下體的胯下，感受從鑽石核心炫出來源源不絕的光輪，光的毛束。我的臉都熱了。誰說台灣冬天的罡風詭異。噢，他們正在門口幹架。感覺好像慢動作的擁抱。本質上他們是這麼熱愛著對方。警車老掉牙的紅光掃射到這裡，立刻被鑽石的光浪給吞沒。

這群人還沒退到我面前，我就看出端倪。雖然分成兩票人，基本上也是一夥人。一票老外，有男有女，看起來各國都有，其中一個洋人在夜店和人起衝突。對方是咱們台灣地頭蛇，所以群蛇出洞，雙方從地底鬧上地面。我只能說鬧，不能說打，因為雙方也只不過兩三記虛拳互相招呼，大多的動作都在拉扯，或等著被圍事和自己人拉開。這是不必經過排演的套招。當街頭的場地變得更為遼闊，於是乎一股台灣本土人馬和外國勢力一起趁著酒意在門口騷亂。在這場即興的表演藝術中，他們互相碎語，雙方都用到fuck這字眼。警方介入後，雙方都對警察投訴是對方不對，圍事則和警察很熟的樣子，熟到可不可以講話都沒差，眼神像把妹那樣交流。兩名主角，洋鬼子青年對警察用英文表示，我只是跳我的舞，又沒怎樣，他說那個人第一次先是經過後回頭青（瞪）他，第二次給了他一拐子，於是他用英文罵他說你何不fuck off 滾開這裡。那個罵他的台灣人，他們叫他Tako。雙方圍著警察嘟囔，警察問雙方你有罵他嗎、你有回嘴嗎、你有罵髒話嗎、你有用那個字反擊嗎、你用英文罵他嗎、你先動手的嗎、那是你先動手的囉、那你有反擊嗎……這些問題很幼稚，但警察的臉色明明愛管不管，卻又問得很認真，我猜警察固然感到這件事多麼索然無味，卻也忘記自己幼稚了。同時也有一兩個警察裝作想扁人或想辦人的樣子。他們大概在幻想不管扁哪一方都錯不了，不會把事情搞大，不會被上司警告，不用寫報告。如果都扁、都不扁或扁錯也不鄉愿或顢頇，反正這裡容許出錯。不過總之他們也不大像被理性克制了什麼，而是漫長的時光下臉孔孕育出孬樣。好比有一個班級，猥瑣的學生們因為沒種，選出一個最弱的人當風紀股長。應該說他們是三票人，都是同一夥人。

警察進行詢問、調解、警告時，雙方有些成員退到一旁抽菸哈拉和喝酒，議論紛紛。羽羽看得津津有味，尤其在我的解說下。羽一邊注視情事演變，一邊發簡訊給他的小人妻。他們甚至就坐在我們身旁喝酒講話，有個洋妞跟同伴嘰哩呱啦一陣忽而轉頭對羽羽張開五指強調，動作蠻誇大的，說的不是英語，總之是一種世界語吧。羽羽倍感榮幸。我想我也是吧。我叫羽羽對她講：「阿姨你好。」羽羽問我：「她聽得懂嗎？」我說：「你管她的。」重點是友善，不是嗎。或說重點是不友善，有分別嗎。

警察叮嚀後離開，老外們改和圍事交談，幾句話打發之間，老外們包括那個洋人主角，一起重返夜店狂歡廝混。倒是台灣幫還不散，來到我和羽羽坐著的附近重複著講東講西，意猶未盡。我聽到一個彩色帽子斜戴的小伙子講到「你不會落人來」，菸屁股順手彈到一旁，但他技術超爛，一出手整個飛行彈道是歪的，從空中劃過時差點打到我的外套表皮，就從我胸前越過。我並沒那麼小氣的認為不禮貌，但看著下降在地面忽明忽滅的茜紅菸頭，我突然想講話。「你們一開始就輸了。」

循聲線回過身來，他們站著居高臨下朝我望來。我說：「你們用英文就輸了，該講國語。」這時我的臉很熱，應該說更熱了。他打我這一拳讓我立刻站起來：「講『摟嘎』也可以。」那是泰雅族語的「加油」。

「什麼？」那人正要繼續動手，但問我這問題顯得比揍我更重要。

「你們扁了老外再來扁我也不遲。」我這句真刺。我想我惹大禍了，情急之下瘋狂大吼：「你敢！看我們父子倆怎麼幹你。」

我把他們暫時嚇住，但這句話招來騷動，之前和老外衝突的那個Tako從一段距離以外朝我走來，邊走邊脫手錶交給旁人。其實之前警察分開雙方時他也脫下來交給旁人過，但後來又戴回去，當時我幾乎聽到他扣回錶帶的清脆聲。脫手錶這個動作意謂著鬥毆前猶能冷靜愛物，這是表現專業的架式。要脫大家來脫，我也趕快把我的寶貝耳機脫下，順手將一團線塞進口袋。一瞬間我有個念頭，用這條耳機線可以把人勒斃，這是不起眼的祕密武器。越來越多人圍住我，我緊抓住羽羽的手說：「安。」羽羽的臉肉漲紅抖動。對方有人講：「幹拎娘流浪漢有這麼搖擺的喲？」我正要對羽講站到我身後以便隨時跑開去求援，只聽得羽雷霆大吼：「有種就單挑！))))))」

Tako怒不可遏，國語英語混合罵著，兇猛加速輪腿衝來。這時人群中推出三、四名大漢，擋在我和羽羽面前，他們把Tako架住。帶頭的不悅說：「係在衝啥洨。」他的語氣很奇妙，好像他譴責的不是哪一方，異乎冷靜，就像說「你們呷飽沒」那樣尋常。Tako顯然很畏懼他，四肢蠕動一下就放棄攻勢，把錶要回來戴好。那幾個大漢是圍事的。

帶頭的大漢問狀況，Tako他們胡亂解釋，說我主動嗆他們不該鬧事，這麼晚了還不回家云云。帶頭的聽了瞪著我：「你還不滾。再長的大便也有斷掉的時候吧。」說著用下巴朝小弟晃一下，意思是叫小弟扁我?!我火大了，我不能讓我兒子看到他老爸受屈辱，這會造成什麼陰影啊。我指著帶頭人大罵，一口氣連珠砲叫喊：「數英雄，論成敗，古今誰能說明白！千秋功罪任評說，海雨天風獨往來！一心要江山圖治垂青史，也難說身後罵名滾滾來，有道是人間萬苦人最苦，終不悔九死落塵埃！有道是，得民心者得天下，看江山由誰來主宰，得民心者得天下，看江山由誰，來主宰！」我像說又像唱那樣貫口一整趟結束。帶頭人聽罷一時無語，方悠悠道：「《雍正王朝》，好戲，好戲。」

老實說我蠻訝異我怎會冒出這首主題曲的一拖拉古歌詞，更訝異他的反應是這樣。但當時在氣頭上，我便繼續罵街：「我對他講跟老外要說國語我錯了嗎！我幹你們四面八方的！在自己的土地上不能說國語，我愛你媽雞巴的台灣啦！」

帶頭人聽了定定神，兩手在胸前交叉：「幹拎娘是沒錯啦，你講的是有道理，我們都很愛台灣啊。但是……重點是你的……態度。」我覺得他根本是在給Tako和給他自己台階下，態度這兩個字我一向感到噁心，當一個人講不過對方、站不住腳時就開始指控對方的態度。我衝著他笑起：「原來你要的只是態度啊。」他說：「我要的你給不起。」接著發出一種，有點輕視也不算輕視的低音「哼哼」帶過，徐徐說：「總比杵著當娘砲好，我喜歡你這種被三振也要揮空棒的態度。」我無意囂張，雖氣憤不忘釋出善意：「說穿了我今天是在幫他。」我指著Tako。

「你幫他幹嘛。」帶頭的大漢笑了：「你怎麼不幫我，這裡是我的責任區。」

「說穿了誰不愛台灣，大家相挺都來不及了，老外撒野我看到我第一個開幹！」我一口氣喊完，因為我找不到我想說的話。

四周有人聽了用閩南話快樂高呼：「水啦！水氣啦！」呼應聲此起彼落，場面頓時緩解。Tako這時講話，才講不完一句，圍事老大就舉手示意：停。

他整個走到我前面，以訝異的神情問我是不是某某某。

靠夭！我們這時候才認出是對方。

我們想不到十年後會在這裡相見。海梨仔對我說：「你講『說穿了』，我就想是不是你！哇塞拎老師，你還是這個口頭禪，你只要生氣到失控就開始講『說穿了』。」

我笑說：「我哪有生氣，還失控咧。」我們緊緊握手，這是兩名男子漢的相遇，羽羽以我為榮。

子：

這是我第一次來夜店。好遼闊的地下廣場，簡直就是一個地下祕密基地。海梨仔叔叔叫我們「就把這裡當自己的家！」我想我家如果成這樣我耳朵會爆掉吧。雷射光射擊到我身上的剎那，我很驚奇我並沒陣亡。海梨仔邊走路邊伸縮脖子，像新疆舞蹈那樣。他跟爸爸說話，爸聽不清楚：「蛤！」海梨仔兩手圈成喇叭筒（台語）：「有high有保庇！」我們來到包廂，和海梨仔的朋友們坐一起，有男有女，坐著的人保持搖擺晃動，有的是站著跳舞，動作真的像拿香拜。海梨仔介紹大家說，爸是他學生時代打工的老闆。爸說不敢不敢，你現在已經不是助理了。大家笑說他還是啊，可是現在升級叫特助，於是哄堂大笑。有個人拿菸給爸爸上火，也敬海梨仔香菸。海梨仔噴口大氣，拿啤酒幫爸爸倒，一邊對大家哈哈大笑講：「我這個助理是誰也不理，特助是特恁老母。」說著敬爸爸一杯，爸爸快樂喝光一杯。有個不怕冷的姊姊，她穿很少，爸叫我叫她們姊姊，她對爸爸講你怎麼請這種員工啊！大家又笑成一片。爸說：「他很優秀的喇。」那女的說：「生鏽的繡。」海梨仔說：「幹！比我還冷。」於是他們更開心了。

有兩個人拿出名片兩手遞給爸爸，爸爸兩手接過來後，有點支支吾吾說他現在沒在用名片了，頓一下補一句：「我現在在幫家扶中心當志工。」說著用腿在桌下撞我，意思是叫我不要厚話拆穿，我哪這麼笨啊。有個男人立刻站起來：「那真的該敬一杯，我們他媽的醉生夢死。不怕你笑我假掰，社會上很需要你們這種人。」爸請他坐下：「在夜店當志工也很重要！」那個人說：「小的就是這麼想。」高舉起手，朝爸頭頂過來，爸反應很快，立刻跟他擊掌，一起說yeh。順便把酒乾了。以前我只在電視上看過「給我五」。這時候海梨仔大罵：「少廢話！你他媽白吃白喝！」我看不大出來是真罵假罵。「他這個不叫high咖，叫爛咖！」海梨仔對爸講那個人。那個人聽了吃吃笑。幾個人又嚷著喝酒，比來比去，爸也划拳小玩一下。不過他們大多和自己人玩，沒理爸爸，爸就隨著音樂節奏點頭，往跳舞的地方和別桌東張西望，有時候回頭看他們玩。然後爸客氣的問一個人可不可以抽他放在桌上的菸，那人親切的說：「抽啊！」爸說謝謝。爸吐煙的時候，海梨仔玩一半靠過來對爸小聲講話，我也靠過去聽，他講：「雙手不要交叉胸前，放鬆。」爸趕快猛點頭：「我OK我OK！我醞釀一下！」海梨仔講：「我先解決他。」意思是跟另一個人比完酒拳回頭找爸。

海梨仔的拳術很精湛，那些人哇哇怪叫，拚命罰喝。一會兒海梨仔邀爸比拳，爸起先常「醜」，後來他說：「我身體暖開囉！」雙方比一次可以比超久。海梨仔說爸仍是高手，爸說想不到你現在是練家子。爸二勝四負落敗，但大家發現爸顯現一定實力，於是幾個人湊過來和爸車輪戰，爸停不下來，也就玩開了。爸的搏擊能力雖然沒海梨仔好，但也超強！連宰一個大俠五杯。「我擋！」另一個狂人過來尬，和爸戰成三平爸才哈哈笑落敗。這時有個姊姊一直臉色有點嚴肅，小聲講，但我聽得到，因為我還沒開始喝，她講：「小梨你會不會太over，他的年紀可以嗎？」她是說我不該入場。海梨仔好可怕，整個變臉，身子稍微在動的剎那一巴掌就掃過去：「你是哪根蔥！」大家嚇得一陣拉開。「我大哥耶！沒有他哪有我！還輪得到你一個女人雞巴毛個五四三！」一個姊姊把那個姊姊帶到一旁，我看她肩膀的樣子是在哭。我不懂，她應該曉得海梨仔平常就很兇吧。爸很正經的抓著海梨仔手臂搖晃：「這就是我不對了！你這樣我好意思留下嗎？」海梨仔反扣住爸的手：「你給我留下，不然你不給我面子！你走了我還揍她！」爸忍不住指責他：「打人就是錯！錯就是錯！」海梨仔學著這句笑說：「打人就是錯！錯就是錯！說這種話的人，都不認為自己有錯。」爸愣一下，說：「打女人更是不對！」海梨仔噗哧笑：「錯就該揍，男女平等。如果我有錯，那你告訴我誰對？」說著海梨仔用力別開爸爸的手，伸手搭著爸，大聲講：「我的為人處世！四個字！……」停頓幾秒講不出來，只好裝想打嗝的樣子，爸爸說：「成語就對了。」他說：「你瞭。」然後轉頭對大家哈哈大樂：「菲哥上次跟我講，成語要多唸！他今天的成就一半來自成語。」總之還是喝酒。

其實爸和他們不愁沒話題，之前在地面發生的事就可以講很久。總之爸有時比拳，有時跟他們哈拉。姊姊們有的也比拳超猛，有的抽菸聽爸他們講話也加入幾句，有的那邊比一比，這邊又可以聊一聊，發出驚嘆：「是喲！」然後又可以站起來扭一分鐘東看西看再回來聊，也接得上。海梨仔叫來好多食物，熱騰騰的，我沒吃過這麼好吃的東西。他們的結論是老外就是很欠打，然後ＡＢＣ也很欠打，爸說：「也沒錯。」他們講ＡＢＣ每次假裝要幹架卻從來沒開幹，「擺譜最會」。老外則是「每次都愛講道理」。他們說Tako是ＡＢＣ，有的人又說他並不是，因為Tako是海產店的一種生物，日本話就是章魚，ＡＢＣ怎麼會用日本話當名字，又不是ＡＢＪ。「可是也不無可能，畢竟這是個全球化的時代。」另一個人這樣說。海梨仔就說：「幹恁蝌仔，都是廢話。」我問他們什麼是ＡＢＣ。他們解說得很詳細，真應該來當我們班老師。本來我喝的是可樂，這時海梨仔替我夾冰塊，倒半杯酒，說一定要意思意思。我從來沒喝過酒！他請示爸爸：「半杯就好，機會教育一定要。」爸答應說：「半杯半杯。」海梨仔講：「老大你明理。不是在帶壞他，孩子見世面重要，今天他沒來這裡，遲早以後要來。越晚來越容易把持不住，很多台幹就這樣在大陸淪陷了啊。你看他們在台灣老老實實，不二色，去了就他媽給涮了你知道。」我對海梨仔講：「倒滿。」大家起鬨激賞我。海梨仔說：「你會紅。虎父無犬子。」爸輕輕笑：「這個成語就對了。」

我發現酒蠻爽口的。「叔叔我問你一個問題。」我問海梨仔。

「兩個也可以。」他說。

「你為什麼叫海梨仔？」我真好奇。

爸對我說：「小孩子這麼沒禮貌。」海梨仔沒有發出聲音，但用打嗝的動作笑了一下。

「你答答看。答對了，我喝。」海梨仔說。「答錯了你爸喝。」

我擠著眼睛，挑著眉毛，深思一下，說：「大顆的橘子皮很好扒，海梨仔的皮很難扒。」

哇一聲，大家尖叫歡呼。瓶子舉起來倒滿杯子，海梨仔笑著一口喝掉。「你兒子會紅，我幫你敲通告。」他對爸爸讚美我。如果他來我們學校當老師該多好。爸這時倒滿酒，叫我敬叔叔。海梨仔說：「吔！我不划拳就不喝酒的耶。」然後就要找爸爸划拳，爸搶先說那你輸了我兒子喝。我說好好好！海梨仔笑說：「這是哪招。」結果海梨仔輸了，超好笑的，我咯咯打滾。超好喝的喇。然後有人說我是潛力股，嚷著說要教我「五、十、十五」跟海梨仔拚，姊姊們說別鬧了。然後有個男的開始教我，不過等我覺得我學會了，我看海梨仔也沒想跟我喝，在跟大人大聲划拳。結果姊姊們陪我玩了兩把也不找我玩了。

我看著客人跳舞扭動，聽大人講話，看他們喝酒。我一生第一次感到醉，嗯，有一點醉，是醉。爸叫我多吃菜就好。海梨仔人很好，又幫我叫義大利麵。我從來沒吃過義大利麵，一聽說，整個酒好像醒過來。他們看我吃得超開心，有個姊姊好奇問我是不是沒吃過義大利麵，我說沒有，他們笑得好瘋狂。爸笑笑說：「我只帶他吃炸雞啦。我們家不大吃麵食，他都跟著我吃。」其實爸和我都很喜歡吃麵食，在麵攤和小吃店我們都愛吃麵。我沒糾正爸爸。我知道爸爸一定不是故意不帶我吃義大利麵，而且我也沒講過要吃。一個男的追問我們怎麼可能沒吃過義大利麵，我深思後回答：「因為我怕黑。」這句連爸爸也大笑，他說想不到我來這句。我是從電視新聞上看到一部電影很紅，說有這樣一句台詞。有個姊姊對我很好，一邊一個，綁兩個馬尾落在肩膀前面，許鈺珊也綁過，但姊姊的頭髮是黃麥子顏色。她教我用叉子旋轉麵條，我覺得超好玩，她還教我倒起士粉的方法，要先轉開，讓一些小洞露出來，我好像倒太多，但她不怪我。我看著麵條像章魚自動纏住叉子，另一個大哥哥叫我：「你身體別跟著轉啊。」我說：「我哪有，你喝醉了。」這時「夜店志工」尖聲怪笑，拿起起士罐朝他頭頂撒粉，那個人立刻搶起士罐，兩個人糾纏爭搶分不開，我覺得那個人好蠢，他怎麼不直接貓他一拳就好。這時候海梨仔說：「你再鬧我叫你吃一手起士。」那個夜店志工立刻觸電乖下來，我看到大家按著肚子笑，只有海梨仔沒表情。

過一陣子，那兩個姊姊回到包廂。海梨仔叫被她呼巴掌的姊姊坐到他身邊，對她說「我是講道理的人」，其他幾句我聽不清楚，然後他對全場講：「如果小孩按規定不能來，那他媽孕婦怎麼辦？大家都在門口夾娃娃再進來啦幹。」大家噗哧笑出。一旁黃馬尾姊姊聽了把頭別過去扁嘴作出不屑狀。爸跟苦主姊姊敬酒，大家敬來敬去。後來四五位姊姊也跟我聊天，問我覺得這邊好不好玩。我說好玩。我還說這裡的人簡直就在砲管裡跳舞啊。有個叔叔歪過頭來：「她們都愛在砲管上跳舞。」說完就被她們打。爸說：「他講的是真正的砲管啦，他愛看軍事片。」海梨仔說：「不然咧。」大家發笑。我猜海梨仔很會講笑話。他們有的叫他梨哥，會幫他倒酒點菸。爸後來拿菸的時候，他們說：「拜託！不用問這個！」我還聽到他們喝酒時講：「梨哥的大哥，就是我大哥！」我覺得爸好神。

他們又叫來威士忌酒，啤酒也沒納涼著。一下喝小杯，一下喝大杯，接著小杯放入大杯一起灌。爸有時候低頭猛搖不說話，我看得出不是在配合音樂節奏，也還沒到他的酒量極限。之後Tako出現了說。拿著一瓶酒和杯子過來，對海梨仔和爸爸敬酒。爸說不打不相識。Tako講：「一次拿有逼死你死。」什麼什麼哇啦哇啦，又什麼「賣佛賣佛」朝爸和海梨仔喝酒滔滔江水講不停，很委屈的樣子。海梨仔說：「如果你再『以哩狗低糞死』……講錯了，如果你再『踢科尼摳發歐』，我就『伊傑克』你。」又和他聊了幾句，突然海梨仔對夜店志工講：「我叫你裁罐你就裁罐。」然後讓兩個人站起來舉著一大瓶啤酒喝光光。海梨仔叼著菸，替夜店志工和Tako拍手助威。

忽然我聽見很難受的聲音和撞擊聲，夜店志工整個人往後仰摔倒在地面，我看到他半躺著要爬起來，嘴角是黏汁，忍不住又吐了一大口，於是整個人起不來，勉強半撐著調氣。有的人蹲下去看他和拍他，有的人叫著跳開，一股臭味散開，幾秒後他吐到沒力，身體完全放倒。海梨仔一手夾菸，過去，喊了一聲幹拎娘，像罰十二碼點球那樣瞄準，朝他肚子用力踹一腳。我嚇到，但不可否認他大腳掃過去的樣子超帥，簡直是英雄。「穢物！踢他還沒感覺。」他說。「你是穢物，我是怪物。」他說。

於是乎志工平攤在低空，被四個人抬走，他們一邊笑說死屍超重。大概等他們出去後，工作人員竟也很快就清理好現場，Tako消失得更快，我回頭一看，好像剛剛的事沒發生過。大家又開始說笑玩鬧。姊姊們又開始扭腰。爸和海梨仔聊開了。我看到爸把手拍放在海梨仔的背上：「我看到一個少男的成長。」海梨仔說：「你說我還是他？」意思是說爸指的是夜店志工還是他。爸和大家開懷笑，爸講：「一別十年，奧梨仔不一樣嚕。」海梨仔臉色變了。爸摟著他大笑：「開玩笑的喇！」海梨仔很嚴肅：「你要講清楚，他們以為這是我以前的綽號。」爸講：「這是啊。」海梨仔發狂大聲拍桌子：「哇塞拎娘雞掰！」我看了超緊張，不知道怎麼辦，爸會被海扁。

爸也整個剉到。突然海梨仔摟住爸大笑：「我也是開玩笑的啦！」全場鬆口氣跟著笑。黃馬尾姊姊和苦主姊姊一起笑罵海梨仔：「幹！」原來女生很愛受驚嚇。

海梨仔和爸超融洽的聊不完，他們好像鬧夠了一時懶得鬧了，只用有點愉快的心情和有點認真的神情那樣討論著。他們話題很多種，聊到以前，談到近況，但沒多久又聊到剛剛。看來海梨仔對雙方的從前和近況都沒有那麼熱中，只是隨口講一講問一問。我還聽到海梨仔跟爸講：「我只是叫他帶開你。這種事動手就沒意思了。眾生不平等，可好歹都是過客。」他好像是道歉，又好像在評論球賽的表情和動作，我覺得人一喝酒講話就成老頭。爸說：「這我瞭解，三八兄弟啦。」是談門口衝突的事吧。爸就幫他倒酒，海梨仔用手在桌上點了點，意思是謝謝，我一看就瞭。他們喝酒，然後海梨仔幫爸點菸。喝著，爸又開始垂頭搖晃，有時醒上來和海梨仔講話，而海梨仔從沒催促爸臉抬上回話，好像那都無所謂。忽然爸想起什麼，跟海梨仔講：「我叫人來可以嗎？你幫我把人帶進場。」海梨仔講：「幹有什麼問題，不過你不要跟我說他是男的。」再來我就沒注意聽，我正在玩把可樂和威士忌攙一起喝、然後把可樂和啤酒攙一起、也三種混一起。我眼前的人影和光線很清楚的緩緩移動。我整個人鬆軟歪在沙發，平常這時間我早就睡了。被呼巴掌的姊姊還叫來兩杯酒，教我拿杯墊放在瓶口，在桌上砰！撞下去。我不覺得多好玩，不過給她面子就說好玩。而且杯口的鹽巴很難吃。過一陣子我想找她找不到，看到她跟海梨仔在一起，頭在對面桌子邊緣上下動來動去像鞠躬，海梨仔兩個手臂打橫在沙發椅背，頭仰起，我只看到他的下巴和喉結，看不到眼睛，聽見他飄出聲音：「幹……你超會犁田……」最後那兩個字是台語，學校教過。

這時有個姊姊舉起一個梯形的大包包擋住我視線，問我說你會跳舞嗎，我說我和我爸常跳舞，她嘖嘖稱奇的樣子太誇大了吧。她說你去舞池跳給我看。我說我不要。然後她教我扭肩膀和點頭，一直叫我自然一點。對了我剛剛也有看到海梨仔的鼻孔，因為後來他一隻手過來挖鼻孔。忽然一個人從後面提起我的衣領：「上！」是爸。

根本就不需要排練。根本就不鳥現場的音樂和節奏。也可能因為爸和我都喝醉了所以更不需要排練和適應。閃電打在我們四周也不怕。我們又唱又跳，大家都自動讓開。我瞭解他們認為我和爸很怪，一個是怪叔叔，一個穿小學夾克，但又忍不住好奇我們會怎麼樣。爸和我的穿著和他們不同，不過有的客人的休閒夾克跟我好像不會差太多。我們的年齡和他們差很大，不過少數客人的年紀也是跟爸差不多吧。大家被我們逗笑，我唱跳的時候還看到之前那個衝突事件的老外，他也退到一邊為我們起鬨歡呼。我們看似亂跳亂吼叫，但其實我們可沒忘記互相合音和保持舞步的整齊。不一會兒大家竟然都手牽手拉在一起跳舞，包括台灣人和老外們，反正原住民的舞步很容易上手上腳的喇。

住在台灣山中的人
快樂的山地人
熱情可愛的族人們
他就是原住民
原住民哪河洛人
客家人哪新住民
快快樂樂的在呼吸
我們都是台灣人

住在台灣土地的人

快樂的台灣人
充滿熱情和理想
快樂的台灣人
……
嘿呀嘿呀嘿呀嘿
嘿呀嘿呀嘿呀嘿
馬拉伊娜馬拉伊娜

父：

受到英雄式的歡迎，就像出草回到部落，我們一起回到包廂，族人們跟我們擊掌give me five。我們既是不理會ＤＪ的節奏，也還是搭著ＤＪ的節奏，這是一種什麼樣的節奏，……直到ＤＪ不得不配合我們的節奏又不必再考慮任何節奏。海梨仔率領眾人對我們父子倆做出膜拜的動作，那是球場上流行的動作。海梨仔有個小弟過來幫我拍掉墜落到我身上的星星，快速不斷拍著，那是學美國黑人的動作。姑娘們不斷誇獎羽羽，拿出手機和他合照，也和我們父子合照，也有跟我合照的喇。羽羽開心的幹掉一杯口樂，海梨仔叫小弟幫羽再叫一杯。

我感到通體舒暢，父子合作如此成功，征服全場。

他們問我怎麼會這個。海梨仔一旁講：「十年前就看他在聽北原山貓啊。」一個女孩問北原山貓是誰，海梨仔含口煙噴笑：「幹。」我說因為他們的歌太讚了啊，合音比大小百合好、曲子既像亂唱又很順口、歌詞好到可押韻也不可押韻，這是什麼境界啊，注意，不僅是可押韻也可不押韻，而是可押韻也不可押韻，就算是很故意也很帥！我發現大家臉上的笑容，並不是對我的話起共鳴，只是看我好玩而已。我是明白人，不想爭這個，趕快講兩個北原山貓講過的笑話給他們聽，也就是我白天才講過的那兩個笑話。靠！大家笑到岔氣。

我趕快和海梨仔喝威士忌，我敬他：「這是什麼緣份啊！太感謝你了！」他說：「老大說這樣，是我要謝謝你能在這裡無酬義演。」我哈哈笑：「感謝的喇！」他說：「幹你不用謝，不然我也要謝，別忘了我划拳還是跟你學的。」我搖搖手笑，這件事實在太小了。他察覺出我的意思，對我講：「跟著你的時候，你罩過我，我在公司學到很多，幹拎娘人就是要吃菓子拜樹頭。」我笑說：「公司倒了啦。」他用杯子撞我杯子：「喝酒啦！」

超快樂的。我不認為我是個失敗者，我只是喪失了生存的條件。這一切華麗對我來講有如迴光返照，我無所恨，也不恨我自己了。海梨仔叫來不少吃的，我等於多賺一餐。

這時一個小弟走過來彎下腰講：「那個老外還在。」海梨仔沒對小弟吩咐任何，只淡道：「他一直在。」講話時搖晃手中的杯子，凝視著金褐色的杯中物。我突然發現他的陰狠可怕和面面俱到，搞得我也想當他的小弟。這時他好像看穿我，對我解釋：「那個老外啊，你看他跳舞的動作越來越大。」我說：「然後呢。」他說：「也沒什麼然後，盯著場子裡外是我份內的事。」我沉吟著「嗯」，不知道怎麼接話。「多麼卑微的工作，每個晚上看著這群賽（屎）人。」他竟然這樣講。我趕快糾正他：「怎麼這樣講！」我這麼欣賞他，真不樂意看他講出這種不快樂的話。他接著講：「我很想痛扁他。不瞞你說，這裡的人十之八九我都想扁，也都扁過。」不知道這番話是太籠統還是太誇張，我無奈的說：「這樣很不好，你還是只扁他一個就好。」

「你知道嗎？」當他對我發起這句時，我就知道他醉了。這是普天下醉鬼的說教開場白。我還比他清醒一咪咪，至少我剛剛的運動把酒精釋放許多。他講下去：「以前你跟我講過一句話，我永遠記得。你講：我不要聽理由。」

我聽了有點心虛，想起以前他在我公司當工讀生，我這樣罵過他。不過大體而言我對他是蠻好的吧？我回答：「要看怎麼講。」

「對！」他說，「毀就毀在這裡。你一聽理由，就沒法管事情了！」

說話間我發現羽羽睡著，嘴張開開。小飛鼠在黑森林睡著的樣子不知道是不是這樣。從登高樓到下皇陵、爬陽具到鑽陰道，他也鬧累乏了。還注意到四周氣氛變得蠻正經的，除了少數人在哈拉，男男女女都在聽海梨仔和我聊天。我還注意到，我怎麼還活著。

「我的悲哀是因為我長著一雙眼睛。」他的食指和中指彎曲著，朝著自己的眼球對準。其實我覺得他這句鑾敗的。他繼續：「所以我不是瞎子。」

什麼鬼。

「說得好。」杯碰杯我示意他喝酒。

「你知道?那個叫Tako的貨色。錯，是在他。」他下嚥一口烈酒。「那個老外根本沒怎樣。四個字……」

「成語？」

「看不順眼。」

「這就對了。」

「你知道我為什麼踹那個穢物？」

「一石二鳥。」

「酷！」海梨仔通體舒泰。

「你度爛他，就踹他，順便對Tako殺雞儆猴。」

「你成語真多。」他敬我。

「一石二鳥。一箭雙鵰。一斧兩砍。一根香腸兩顆懶蛋。」我洋洋得意到不節制。也不純然是我怕我對他的示好還不夠，只是我就愛存心賣弄吧嘿。

說話中，我的手機震動。隨後海梨仔的一個小弟和我到門口接大學妹。也就是一起白天坐火車那位。回包廂後，我對海梨仔說不好意思，不知道一來來四個，她在電話中沒說要找她同學來。海梨仔說：「幹得好，四個妹有三個算正。」我聽了也就比較踏實。當時我打給她，她知道可以免費來這家著名的夜店，情緒顯得十分高昂。現身時，她套牢渾然一體的斑斕褲襪，畢露著鮮藍色的一雙腿子。我心想如果你的腿也是鮮藍的膚色我也要你。雖然這樣是嚴重了點。

父：

在台北—3

看不出她是這麼活潑的女孩。一來就率先對全員自我介紹叫Naomi。她自介的聲音大方悠揚，但給我蠢學生味的感覺。什麼什麼「小妹第一次來到貴寶地，歡迎各位帥哥和美女指教」。說完自己笑得起勁：「我好老派！哇哈哈哈……」她說在系上她「擔任公關」。我都不知道公關已經進入校園。以前聽過「職業學生」這名詞，如今已經被「公關學生」取代。

兩股勢力很快打成一片。海梨仔那掛的女生也算表現出歡迎之情，但我看得出她們對學生有點感到可笑和不屑，尤其對Naomi這批外縣市到京城求學的妹子看不起。我想女人就容易對女人彼此不屑吧。當然這隊學生妹是稱不上勢力的，可青春也是一種勢力啊。正因為她的介紹詞和風格那麼拙，正因為她被看不起，反而使我覺得她有一種難能可貴的拙趣。弱勢者對我是有吸引力的。越無知，越沒能力的人，越有救。對我而言她有一種「末代可愛」。

儘管這種可愛隨時光隨環境消卻中，但我想攫取並保存她的「後可愛時代」。

這天地多麼繽紛，我發現這個光影流動的包廂，才是正港的史前時代洞窟藝術。

我頗遺憾Naomi錯過我剛才在舞池的表演。我承認我想引起她的注意。這時海梨仔對我嚷說：「老大你把北原山貓的笑話再講一遍！」我表示你們聽過了耶，Naomi也聽過了。海梨仔說還有人沒聽過啦，阿反正我想再聽一次啦。我想也是，包括她三個同學和包廂進進出出的人，不止三個沒聽過。總之不是我愛講，於是我又講了。完了不但沒聽過的人笑到趴，聽過的人也仍捧場，海梨仔笑到拍腿，但我覺得他是看大家的反應而感到開心。最讓我吃驚的是Naomi也笑到那麼快樂，兩手扶住眼角，笑到怕掉妝。醺醉中我心裡一陣甜。卻又想起了死亡。死已經成了我腦神經的老梗，我啞然失笑。越來越喜歡Naomi也越發厭惡自己。是一瞬間的厭惡還是成型的厭惡？

全場雖交混一片，但已各自為政，既保持玩在一起，也暗自瓜分割據，彼此有意思者各興發展，位子在不覺中乾坤挪移大風吹。包括比較不搶眼的一位女大生也得到一位小弟的眷愛，說真的我看了蠻感動。雖然說她是花癡並不為過，但其他的妹子不也是花癡。對對佳偶都呈現出一種叫我噁心的感動。京城的，邊疆的，先來的，後到的，男男女女非台即癡。男的是精蟲衝腦，女的是卵子騷腰。我想大家也看得出我對Naomi有意思，讓Naomi跑動穿梭間尚且保持約略坐我身側。海梨仔叫我重講笑話也有成全之意，這人夠意思。

一陣哈拉過場，海梨仔對我聊到一件事，大家逐漸湊過來靜聽。其實，還是之前那件事。總是個英雄氣概。

海梨仔還告訴我：「可是不知道為什麼，我很想扁那個老外。」

「那你不扁Tako嗎？」我只是順著問。

「他算常客，回頭客，有的是機會。老外不一樣，有的短期窩一下台灣，是過路客，過客。」

「明……」我把話收住。

「明什麼？」

「搞不好明天他就走了吧。」我本來想說「明察秋毫」但這時候用成語好像顯得很狗腿，也反而可能被誤會是在取笑人。「你一定從他身上某些訊息觀察出他是短期遊客，或短期學生。」

「怎麼講？」

「……因為他以前沒來過。」說完我真想痛毆自己一拳。

「你好細心。」他深深點頭，語調輕柔。

我臉上三條線，他肯定喝茫了。

總的來說，他的意思是今夜不扁他可能就機會錯過。

「但我找不到理由。他沒錯。」

不知為何，我又想起我怎麼還沒死成。我感到好蒼涼。

有個小弟講：「就不要理由啊！梨哥你講一聲我們就動。跟著他到他家門口蓋布袋。」

「這你就遜了。」他熄掉菸。

大家等他開示。

「第一，如果你扁人沒有理由，那你就是流氓。第二，你偷偷搞他，不讓他知道你是誰，那你是癟三。」店裡強盛的電音節奏冷凜而騷熱，清晰而混亂。這是夜店制式的氛圍，不讓人意外。但在這個包廂，卻有一股聖潔的思緒環繞著。「他都不知道誰下的手，那我們也白下手了。」說話間他笑文文，瞟著在座一眼瞬間。「他知道是我們幹的，想起我們才會悶，才懂得怕。」他眼睛放光巡禮小弟們。「不然只是自爽，而且還不光明磊落，丟台灣人的臉。」

「我完全同意！」我說，「理由絕對需要，有理由才是有禮貌，有禮貌才叫作質感。」

海梨仔很共鳴，不斷喊酷，酣醉間顯出一股激越之情，希望我繼續同意他。「而且真的要下手，我還要自己來！別以為帶頭的……」帶頭的，他是用閩南話。「……就一定要使喚別人。偶爾也要露兩手給弟兄們開開眼，順便自己複習一下身手。大事情要大哥來，江南當初就是被竹聯邦大哥親手過去幹掉的。越精緻的事越需要大哥來兩下子。」

「對！巴頓將軍扒小兵耳光也是自己來！這表示他真的很在意！就是要在意！」

「水啦！」他彎腰好像抓小腿的癢。然後又回復原姿勢坐好，並把蓬鬆的長褲拉了拉、抖了抖給勻好。

大家又恢復飲酒胡鬧打情罵俏。

恍惚中我耳際有聲音。

「我給你看一樣東西。」酒味濃重，海梨仔對我附耳。

他把我引到包廂最牆角的地方，人對著牆角，要我擋另一側。他提起自己的褲頭。

「你看，這是我的九九。」這使我想起國中時藍藍在廁所主動掏出小雞雞給我看。

我看了傻眼。他捲拉起褲管，從小腿卸下一隻掌心雷。

原來之前他「抓癢」就是想給我看這個，但顧慮到大庭廣眾而煞車。

「精緻吧。」他單手輕捧著，好像掌心有一小渦水，蕩漾著。才怕水流逝，而這水轉瞬間凝成一塊玉。

它，又像手掌中一隻剛孵出的茸茸小雞，受呵護著的。這小生命帶點陌生忐忑，蠕動中卻又是不折不扣的生命。那剛生出的小貓咪也是這樣！眼睛還沒睜開，但有著吸吮乳汁的本能，喵喵喵，當母貓喪生不見了，小貓咪哀憐呼喚。

「巧奪天工……」我的舌頭和嘴唇麻了。「是真的吧？」

「你說呢。」

這隻小噴子，大概只有十公分大小，銀亮的槍身，穩重端莊的深褐色槍柄。這簡直就像女人的銀色小化妝盒那麼迷人。這把槍之袖珍可愛，簡直可以說是從他腿毛中取出的。

「有兩款，」他說，「一款是鵝黃色槍柄，一款是這種。我斟酌很久，感覺鵝黃色時尚了點，畢竟我比較傳統。」

「復刻版。你很有品味。」

「謝謝。」他說，「但我蠻後悔。鵝黃色比較卡哇以。」

他的小腿上打了一個籃球員的綁腿，把掌心雷藏在綁腿內。他說國安局的總統保鑣也這麼做，只是他們的綁腿和他不同。他說他不能炫耀，不能去買那種專業的小腿槍套，否則警察或特務系統的人一看就知道裡面藏什麼。我說你實在很低調，他朝我笑不露齒，酒窩綻放。

「巴頓將軍曾用手槍擊落一架敵機。」我嘖嘖說。

海梨仔跟著我嘖嘖，並取出子彈給我看，那像是超微型的古代砲彈，呆呆鈍鈍，卻密著殺傷力。「一次只能裝兩顆土豆，但是『將將好』弄掛兩個人。」他把槍身摺成兩半，告訴我子彈就從這裡置入。但他沒真的裝填，可見還有絲許理智。不過他的眼睛因為酒精紅了起來。

「新到的貨。」他說。「一般德林吉掌心雷的長度平均是十二．五公分，恰好是東方人那話兒的平均值。我故意來一隻十公分的。」

我想問他，這表示你人「小」志氣高嗎？但這樣問很不上道。

「我知道你不瞭解這用意。」他講。

「你很難猜透。」我只好這麼說。本來我想學《食神》唐牛那句「我真是猜不透你啊」，但此時此刻唯恐輕浮。

「很好猜，這表示我很奸詐。」

我笑了：「我真笨。」

「不，你一點不笨。」他以一種離奇的眼光說。「這個晚上只有兩個明白人，你是一個。」

他這樣講反而讓我不踏實，我馬上回敬：

「另一個是你。」

「不，是你兒子。」

一時我陷入沉默。

「用過嗎？」我問起這枝槍。

「還沒。所以我很不尊重它。」

「我懂。」

「你相不相信我可以走過去在那個老外頭顱上開一條……」

「雪山隧道。」我接上。

「對，」他說，「這樣對。直直進去，然後在顱內轉彎，然後我剛好可以把一枝拐杖糖果放進去。」

「你不用證明。我相信你可以。」我心跳應該加快了吧。「不過容我這麼說，」我居然對他曉以大義：「如果你用得上它，那只表示你是個不成功的圍事。」

他盯著我。「你好認真。」

我沒答話。我想他的意思是，說說而已，當然不會胡犯冒失。我把他和自己都搞糗了。

「圍事不圍事又如何。」他的語氣飄飄然。「你以為我在意這個工作。我是看在董仔的份上才願意幫他喬這裡。人情包袱，你懂嗎？還這個人情我也還夠了。」

真糟糕，我讓他的話變多了。

「不過我也只是讓你欣賞一下而已。」

「你看得起我，我很感動。」沒錯，我話也多了。「不瞞你說，我混得不好。你瞭，但是你沒點破。這兩年來能讓我感動的人，是你。我一定會記得你。」

「幹，出來玩說這個是怎樣，我們是不是朋友？」

「是！」我由衷答應。

「那就對啦。」他笑著拍拘我。

我還是挺不安的。他給我看這個，我跟他只是十年不見的……朋友，時間和地點都不對頭。

「不要一直拿著。」我請他可以收起。

他的頭突然像布袋戲的戲偶那樣雄赳赳轉過來望著我。

「我有說我要一直拿著嗎？」

說完，他把槍安裝回腿部。

回到桌上，我和他分別被招呼划拳。我連破五人七陣，Naomi說我太猛了。我熱烈搶攻下去，短兵交接，犬牙交錯，地暗天昏。回身一望，忽然間看到海梨仔和Naomi接吻，海梨仔的手放在她左胸脯上搓揉。我大吃一驚，仔細再看，呼，看錯了！……是揉右奶。

這時名叫樽樽的女孩，也就是之前被掌摑那位，氣呼呼的沒說話正離開包廂，一個女伴趕忙安撫再次跟著她閃。

我深陷痛苦。我想吶喊海梨仔的不義，他應該看出我喜歡她的。我對Naomi憤怒，她應該知道海梨仔和我是朋友。好唄，我和他並不能說要好，她也沒喜歡我的義務。何況色慾如鯨，本就難擋，海梨仔也有他平凡的一面吧。我該原諒的。錯，我連原諒的資格也沒。如果我不平，今夜種種說穿了不也恩怨扯平。

扔開這個我待不下去的包廂，我繞過舞池的人面和人體，來到遠遠的另一端。靠著牆壁站，好像我在「站壁」。我望著舞蹈的人類，他們如同搖擺的屍體、低等的野獸，連一般野獸也不如，野獸二字是高估他們、溢美他們，污辱了野獸。可，這些男女這麼美麗，如蛇鰻的腰，柔軟度和迷人度就算無法勝過無脊椎動物，是說就算他們無法像無脊椎動物或任何禽與獸那麼高級，至少能做到外觀的相似，至少比中國人畫的龍漂亮許多。偶爾我忍不住遙望我來自的包廂，但距離、光影和人群的遮晃，使我看不清楚。我不願從舞客酒客的胳肢窩或胯下看遠方，那只讓我更卑微。那個包廂不再是絢麗的史前洞穴藝術。我嫌惡電燈取代了火把。我想把耳機取出來當耳塞。我該用耳機線捆綁我的陽具，纏緊，勒進肉裡。那些真正的史前洞穴藝術不配被後來的人類發現，在被發現的剎那就已然賤死，就已被曲解。那正解在哪？根本連解釋都不必也不配。我想起第一次看到平溪的天燈是從電視上，佈滿天空的畫面讓我覺得好像中元節提早來到，充滿了幽冥鬼魅的寒氣，可是後來現場親眼看到，卻又無比聖潔好像聽到火的鐘聲。你賣的玉蘭花在這裡會開成海芋嗎？不，這還不夠。我更希望遇到一個能把海芋當玉蘭花的人。沒有這種人，如果會是個人也該是從狀態走出來的。我需要一種境界冷靜和超越。我不再站壁，我在原地做起平甩功。或許四周的人好奇笑話我，但沒人干涉我。因為他們看我，我更該做，直到我忘記有人看我，只享受著甩手和蹲下的韻律或許才是化境的舒逸。嘲笑對我來說不是威脅，也不是鼓舞，什麼都不是。

有個人跑來和我打招呼，中斷了我的平甩功。我們握手，是那個衝突事件的老外。

「Yo！抱我！」我以為他跟我說hold me，不過只握著我的手，這樣我只好讓他握了，還真要倒過來謝謝他。旁邊有個晃來晃去的台灣青年對我笑：「Homie。h-o-m-i-e。嘻哈族的招呼語。」我聽了寬心，不是發春就好。

「你剛剛在那邊跳的舞可以教我嗎？」老外模仿我之前在舞池的舞步。他用英語問我。我用中文回答。

我掏出之前海梨仔的朋友給我的名片遞給他。

「這是我的舞蹈教室。」事實上名片的內容我沒印象。

「教室！……我知道那個！」他應該有在台灣修一點中文課，知道「教室」這字眼。

「舞蹈教室！你是舞蹈家！」

「我是音樂人。」我說。

「太神奇了！」看來他喝醉了。

「大地為床，蒼穹為幕。」我講這幹嘛。真無聊我。

「什麼？」音樂蠻吵，但他聽不懂很正常。

「大自然是最好的教室。」講這個實在沒意義。

「大……之……言？」他聽不懂，重複著請示。沒等我答覆，他立刻接著講：「你唱的是什麼音樂？你跳的是什麼舞？」他跳起我的舞步請示我。

「北原山貓。」

「北……原……傘……卯？」他問，「傘？二聲還是三聲？」這句倒是中文，他用手指頭比劃揚起和打勾。我猜是這樣，學校曾教他，當兩個三聲的國字連在一起，第一個國字要變音，改發二聲，好比「打傘」，發音是「達傘」。同理「打手槍」要唸「達手槍」。

「都是一聲。山，貓。」我只是想讓他懂，並非想取笑他什麼。我不希望造成他的尷尬，於是我轉開這個問答，忙用兩手撩過自己的臉，模仿貓的叫聲：「喵。」然後我告訴他最要緊的一個重點：「全世界最偉大的音樂。」

「Yes！威大！」他學我講中文偉大。

「他們的合音比大小百合還好。他們的詞押不押韻隨他們高興，他們的舞蹈只要用腳跺在地上就好。」

他搖頭表示聽不懂，但眼神充滿敬意。幾秒間他還真討我喜歡。節奏的撞擊聲和光影就在我們體內和四周鼓動。溝通上適時達到一定的精準度是必要的，我決定用英語解說：

「Mountain cats eat big lily and small lily.」

他嚴肅的回應我：「我想他們是出於自願的。」

「你真識貨。」我說。

我訝異他頭如搗蒜。

「你巷子內的啦。」我改用閩南話。但又顧及這樣像是愚弄他，便嘗試用簡單的國語傳達：「你，愛音樂！」

他大吼：「Yeh！我愛台北！」

突然我討厭他了。我表示要先閃一旁。

我回到包廂，沒看到Naomi和海梨仔。只看到羽羽睡起來在哭。

子：

我睡起來的時候，真不知道這是哪裡。可見我睡得好熟。不知道為什麼我一起床就想起許鈺珊，時間很晚了，她一定正在被窩裡，還是會想我到睡不著啊？還是夢到我。我想發簡訊給她，讓她一起床就看到。不過爸爸不在，沒法跟他借手機。我想跟海梨仔叔叔借，但看到他在親嘴。這時候黃馬尾姊姊對我說：「你……要不要再睡一下。」我說不要，你的手機可以借我嗎。她就借給我。可是拿給我的時候又說：「很重要嗎？」我說嗯。她說你發給誰。我說我女友。她說：「歐買尬，現在的孩子還真是人小鬼大。」然後她又停住拿給我，問說怎麼不用爸爸的手機。我說爸不在啊。她說不能等一下嗎。我說我現在剛好有fu，等等萬一沒fu怎辦。她笑說：「你還真懂。」就借給我。然後本來我想換上我的sim卡，但怕許鈺珊萬一半夜醒來發給我，那就又會很麻煩。因為黃馬尾姊姊等等會裝回她自己的sim卡，我不就收不到許鈺珊的簡訊，到時候不就又要借黃馬尾的手機來查她有沒有回訊。黃馬尾說：「咦？這是個辣手的問題耶。」她故意唸錯字。我們討論了一會兒，她說不然這樣好了，直接用她的號碼發出，要是馬上收到許鈺珊的訊息就拿給我看。但她叫我在簡訊中對許鈺珊補一句，說如果回訊最好回到爸爸的號碼，她說：「因為我不知道自己會待多久。這種地方我現在就想閃了。」我不喜歡她這種臭屁的態度，這使我的腦子打結。

我說：「那我叫她不要回這個號碼，回到我的號碼。」她說：「這樣你還是不知道她回你了沒啊。你直接叫她回你爸爸的號碼吧，還是你擔心隱私被你爸看到。」說著她噗哧笑。我說：「之前我就發給她這樣說了啦，我有說手機沒電了，你直接發到我爸的號碼。」她生氣說：「那你就等你爸回來用他的手機發啊！」我說：「但他不在啊。」她說：「你等他一下會死！你爸難道把你扔在這裡不管！」我說：「厚！我一開始就跟你說了啊，我現在就想發咩。」她說：「有差嗎？」我說：「我現在發什麼我知道，但等一下發什麼我不知道啊。」她說：「……也是。男人前後不一。」我說：「才不是啦！」她說：「好啦我懂，每一個瞬間的靈感不一樣，對不對？」我說大概是吧。

發完簡訊，我看到海梨仔他們不親嘴了，正在玩躲貓貓。黃馬尾姊姊好像很緊張，問我要不要喊拳，我說：「好啊好啊！」旁邊一個哥哥跟她說：「幹嘛帶壞小孩。」她說：「總比讓小孩長針眼來得好。」然後正要玩，她又說：「算了，跟你輸贏沒意義。我還是在帶壞你。」我覺得很掃興。我說：「一把就好。」她說：「親愛的，老娘沒心情。」我說：「姊姊你不要不開心，你是正妹你知道嗎？」她點起菸抽，笑著說：「太好了，你叫我姊姊又叫我正妹。」我覺得她真的很漂亮，人又好好，除了剛剛。我們就開始聊天，她問我女朋友的事，很好奇。我只好滿足她的好奇心。我講了登一〇一告白、引起誤會的簡訊、挽回的簡訊，這些風風雨雨的過程。她說這不可能是小孩子的簡訊吧！太早熟了！我沒說話，這不像誇獎，而像譏笑，我猜她小學至今都單身。然後她說想和我用手機玩自拍。她跟我臉碰臉，一起比V，手機拿高高的，按下去的時候，不知道為什麼我突然抓她的ㄋㄟㄋㄟ。她尖叫一聲，手機掉下來，滾在沙發上也不撿，卻呼了我一個好大的巴掌。我摸著臉，好痛，我淚流下來。但我沒哭出聲，只是眼淚一直滑下來。她不斷痛飆我。四周的人問她怎麼回事，然後笑她，然後他們也罵我。我沒回嘴，但很傷心，一直飆淚。她離開我坐到很旁邊，還是一直罵我。我不是故意的，我沒有想摸她，但我卻摸她。我很冤枉，我覺得是她的ㄋㄟㄋㄟ離我好近，我記不起來ㄋㄟㄋㄟ有沒有碰到我，但我覺得好像有人把我舉起來站很高，我就把球框下的球網剪破。她罵我的聲音好大，我被她的迴音縮在位子上。

然後海梨仔叔叔對她講：「那又如何，你坐我旁邊我也想摸你。」

她對海梨仔發大怒：「幹你媽的！」

叔叔回答：「男人打女人，女人打孩子，這就是人蔘。」他手扶著腿上的衣服，衣服裡像是小白兔在動。他們在玩躲貓貓。

「如果樽樽被鹹豬手，你會怎麼辦！」姊姊罵他。

「那也不賴。」叔叔說。

「你他媽無恥！」她聲音發抖。「還在小孩子面前……」她說不下去。

「至少我這次有蓋。」

同時間大概被姊姊的聲音嚇到，小白兔就想翻開衣服，但叔叔用單手扣籃的方式把兔子頭按回去。他並沒多麼用力，只是手扣住球那樣，球就動不了。

「你介意嗎？」叔叔溫柔的問我。

「不介意。」我哽咽說完，全場除了姊姊都大笑。我流著淚說完：「我也是有看過A片的。」

大家又笑摔倒。我覺得他們反應過度。

叔叔對姊姊講：「你看，你吵到我，又牽拖到我。」姊姊不理他。他繼續講：「好吧，我主持公道。羽羽，你必須學習點禮貌，下次要蓋一件衣服再摸。」

我沒心情像他們笑，我心很亂還是哭不停。但他是幫我說話，我覺得他真偉大。然後姊姊生氣罵他什麼我忘了。叔叔對她說：「那我代他跟你道歉。」她說：「這種事怎麼代！」這時候我聽到手機傳來一串簡訊的音樂聲，很好聽，看到姊姊的手機在我身邊沙發上，很靠近，我不敢動它。我看著手機，聽著叔叔回答姊姊：「那你把他摸回去，讓你吹。不然我代他摸你就可以跟你道歉了。」姊姊面色很歹，懶得回答，我眼睛移向她，看見她遠遠的也看著手機，忙著想趕快拿回手機，很討厭手機在我身邊那樣。叔叔真的人超好，說：「無論如何，你還是讓他看一下手機吧。這孩子不是你想像中那種色狼，你該停止你的想像力。噢對了！你們剛剛應該有拍到襲胸照吧，嘩哈哈。」他笑著彎腰要去拿手機看，但他下半身很吃力，姊姊加速衝過來先搶走，東按西按大概是刪除照片，和看簡訊，然後對我講：「我不是叫你叫她不要回給我！」我無辜的說：「我有說！如果很快就回可以回，如果很慢回就回給爸爸。」叔叔講：「感情啊，是隨身的業啊，既然傳來了，該給人家看還是要給人家看嘛。」姊姊罵他：「我會！」就把手機交給我。我看了後，哽咽問她：「可以回嗎？」她火冒三丈沒講話。叔叔講：「為了表示原諒他，你讓他回這一次，不然羽羽你用我的手機。」於是她對我說：「最後一次！」我說：「我知道！我會告訴她！」於是我三兩下超快速按好送出：「我闖禍，不是故意的。我做了對不起你的事。千萬不要再回這個號碼。」我流下更多淚來，然後把手機兩手歸還，叔叔就叫Naomi姊姊起來：「可以了，別往死裡吼。」就牽著她離開包廂。走的時候對黃馬尾姊姊講：「你真是個Puma。」這我聽得懂，台語叫「破麻」。

他們走沒多久，爸爸就回來，看到我在哭，問我為什麼。我說：「我想回家。」爸說你當然會回家，問大家什麼事，我好緊張，整個大哭起來，哭出全部聲音。還好大家不說話，姊姊也沒講。然後有個叔叔講：「他說了，他想回家，就這樣。」爸很生氣，責備我「不是男子漢」、「難得帶你出來玩還這樣」。並且對大家很抱歉的講：「小孩子過了睡覺時間就是很麻煩。」我聽了好難過，我是他的負擔。他還對大家以痛苦的表情說：「我對不起各位，是我沒把小孩教好。」我真不喜歡聽他嘆氣，我才這樣想，他說完就嘆氣了。然後跟我講：「你給我停。」我嚇得忍住哭泣，腦中一片空白，眼前一片模糊，上氣不接下氣好難受。這時候黃馬尾姊姊收著外套和香菸、打火機要離去。忽然不知道是哪個人講話，因為我哭到無法分辨。有個聲音講：「別再罵孩子，要道歉就快樂跳舞吧！」然後爸攔住姊姊：「留步！看我們父子來一段！」

親愛的父老兄弟先生姊妹們
請你們可憐可憐我
人家的香菸是真正的香菸
我們的香菸是人家丟掉的
我們把它撿起來
HOI YA HOI YAN

親愛的父老兄弟先生姊妹們
請你們可憐可憐我
人家的太太是真正的太太

我們的太太是人家丟掉的
我們把她撿起來
HOI YA HOI YAN

親愛的父老兄弟先生姊妹們
請你們可憐可憐我
人家的檳榔是真正的檳榔
我們的檳榔是人家丟掉的
我們把它撿起來
HOI YA HOI YAN

在台北—4

父：

那個老外又來搶戲跟我們父子跳。其實第一次他就有加入的喇，這次我還跟他牽手跳。我也忘記是他來牽我還是我去牽他。我們和好多男男女女一起牽手載歌載舞。太high了太high了，回到包廂，我發現海梨仔和Naomi已站在灘頭上似的對我們忘情吶喊，但對我來說像無聲電影。一記大浪推來，我正踩上消波塊，海梨仔熱情撲過來擁抱我：「幹拎老師老祖嬤！我愛死你了！老大！這是我老大！」最後一句他對四周這樣喊。我有點感動，五味雜陳。我還看到剛剛收東西要先閃的那個女孩，她對羽羽比大拇指。她長得很優，對羽羽也極好，如果不是先和Naomi結緣，我應該會愛上她，包括她的雙馬尾。然後海梨仔抱著羽羽誇讚：「幹得好啦！你是傳奇！Legent！」

我們父子倆暫時休息，但我是用喝酒哈拉來休息，羽羽剛睡醒精神好，至少也不哭了，還挺樂的，小孩子就是這樣，哭笑一下子可以銜接到不著痕跡，這麼想來小孩子真偉大。我的心情只好了一半，那段歌舞只能讓我給治標，無法治本。我變成無法分辨我現在是好心情還是惡心情。但畢竟我放鬆許多。我注意到海梨仔沒和Naomi坐一起，我自己也不想靠近Naomi，任由海梨仔的哥們和小弟們同她以及其他女生哈拉。但Naomi似乎想湊到海梨仔身邊，只是海梨仔或許不想和她攪和，正和先前要閃的優妹坐一起認真講事情。他們好像吵過架，那優妹講：「你說我Puma是什麼意思。」海梨仔講：「說到底原來你在意這個。你很愛記仇耶。」她說：「我是。」他講：「Puma就是美洲豹。」她說：「不好笑。」他說：「我愛Puma，穿不慣愛迪達。」她從桌下甩開他的手：「你再這樣就難看了！」海梨仔安份下來，吶吶無語，接著似笑非笑拿菸來抽。我很高興他踢到鐵板。一會兒他吐煙講：「人都不完美，但愛上一個人就該愛上他的全部。」她說：「你說我還是你？」確實，我聽海梨仔的發音聽不出國語的他或她。海梨仔說：「你總係要把代誌母到沒收散，大家歹看面有啥意思。」這兩句臨時改用閩南話，有點跟你說什麼語言都說不通的涵義。她說：「這是價值觀的問題。」我真聽不懂他們在說什麼，他們互相能不能聽懂我也懷疑。他自顧講下去：「你也有缺點啊，但我不會包容你的缺點，只會愛上你的缺點。」她說：「對不起，我不跟太愛耍嘴皮的人喇賽，這招只能唬攏學生妹。」他說：「三年來我的嘴皮子始終耍不過你啊，我多麼希望你呼攏我啊。」

我心想你追她三百年也追不上。但突然又覺得他好像遲早會追上，甚至不用追，頹下去、廢到底，放爛就可以等到一切。想到這裡很悶，會不會他根本上過她。這時候有人拿骰鐘來，吆喝開來大家玩起。羽羽興致勃勃，但他不會玩，我叫他看我玩，說我會教他。不過我注意到Naomi只喝酒，不想玩，開口說要去洗手間，表示借過。我想她肯定是不悅被某人冷落，還目睹某人打情罵俏，吃不消是正常。一分鐘後我含了口威士忌，潤一潤入喉，順著摸起一枝菸點燃，跟大家說「拍謝我厚尿」，沒錯要拉大家一起來拉的喇，於是我也去尿尿，叫羽羽接手。羽羽說：「我還不會啊！」我說：「但你快會了。」便離開。這時候海梨仔說：「你放心，他什麼都會。」一時間哄堂噴笑，我不知道有這麼好笑嗎？

我等著她。女廁和男廁連作伙，一邊一國，也一國兩府。抽菸時有陌生人經過，向我的歌舞致意，我沒心情招呼，皮笑肉不笑打發之間，一道藍影從女廁的方向掠過我眼前，還好速度稍微慢下來，不然我竟讓她過去。她對我笑一下點頭，卻沒一句話和停留的意思，速度才放慢就要加速。大概我有點大聲又不會太大聲：「就這樣！」我說話。

她狐疑中起了防備之心，因此我拉住她手腕往男廁的剎那，她興起抵抗。我急了：「海梨仔找你。」我發現我好遜，我喪失白天在車廂的冷靜和氣魄。還好她也醉醉的，似乎相信我的話。「菸會燒到你！」我體貼拉扯之間會傷到她，請她不要太作抵抗，就這樣我把她帶進去，現場男士們不顯吃驚，各自放尿噴賽盥洗嘔吐抓頭髮，說來男人就是有這個大方，可以讓女人在男廁穿行。不過也必須說夜店的女人很識大體，在廁所門口看我弄她進來時也很平常心的樣子。在裡頭我發現一間空的，立刻帶點力氣順勢一起拱入後關上。「你太讓我失望了。」我吸噴一大口，把菸丟掉。「我對你很失望。」

聽了我的開門見山，我看不出她是驚恐還是反對或贊成。

「海梨仔在哪。」她的雙眼皮很美，但眼皮下空洞恍神。

「你嗑藥了嗎？」我問。

「沒有。」

「海梨仔給你的？」我無法確定她嗑藥或呼麻，她的雙眼可能原本就專攻放空。

「沒啊。海梨仔在哪。你幹嘛騙我。」

「我代言一下。他要我們先談一談。」

「談什麼。」

「你不懂愛！」

「他這樣說我嗎？」

「是我說的。」我激動起來，「是我說的。這就是我要告訴你的話。你不要說話。」

我繼續講：「愛就是……」

她等著我說。

「愛就是……愛到最高點，」我竟然唱出來：「……愛到最高點，拉拉拉拉拉拉，拉拉拉拉拉拉拉。」我看得出她對伍思凱的歌很不熟。我自己也不熟，很快用一串「拉」音帶過。以前我也沒愛聽伍思凱，但我不曉得為什麼唱出。「拉」完的剎那，緊接著我卻唱起〈分享〉：「與你分享的快樂，勝過彼此擁有，至今我仍深深感動，朋友就像一扇窗，就讓世界不同。與你分享的快樂——」唱到這裡我打住。唱這樣就夠了。

「你唱錯了。」我很訝異她其實知道早期的歌。她隨即自動唱給我聽：「好友如同一扇窗，能讓視野不同。」想一想也正常，常唱ＫＴＶ的女孩什麼老歌新歌都琅琅上口，何況這首或許她小時候流行過也唱過。「還有，」她繼續糾正我：「是『勝過獨自擁有』。」

「但你還是不懂。」我說。

「為什麼你每次都要在廁所。」

我感到憤怒，憤怒她一點都不懂也不想懂，憤怒她對我消失了恐懼。

「你這個賤貨。」我直截了當。

果不其然，這句話著實讓她又驚又怒。雖然我不希望她怒，只希望她驚，更希望這是交心的開始。「對不起我不該這樣罵你，但說穿了你就是賤。為什麼你這麼賤呢？」我瞇起眼睛說話，因為我的心好痛，那種痛可以說我罹患了心臟結石。是的我石化了，但我當不了一個有價值的好化石。

我忘記她回答什麼，搞不好她也沒回答。我只記得我大聲咆哮：「他不懂愛！他不懂愛！他是雜碎麵！你是科學麵！我是王子麵！幹你媽雞巴！」我很得意又揪心，但我希望她懂我，我趁勢告白：「我懂愛。」我移動我的雙手，顫抖著，在她的雙頰。但我多麼尊重她，心疼她，多麼驚恐這接觸，只觸及她皮膚最表層多麼滑潤的肌膚就移開。「你明明可以愛上我的。如果你願意用你心裡最體貼的那個部份，哪怕你是同情我。就算你是同情我，你也會開始發現除此之外你是可以愛上我的。只有我才能看到你純愛天真的那個部份，那是不需經由提煉萃取的本質，你的無知是存在於知之前的那種無知，並不是真的無知，但你不該對未來想知，這使你喪失你那種無尾熊只想抱著樹幹發呆的少女情懷，使你離開了你貓熊圓茸茸翻滾自得其樂的故鄉。就像狗在草地上跳起來咬住飛盤，只剩下我還能捕捉和存取你的美，你應該感動、應該感應到而迴向的。不是你欠我的，而是迴向是一種自動化的組裝配套，是自動自發的本能，李連杰講的feed back你懂嗎？你是我心中最美麗的飛盤，雖然這句很土我知道！不可否認你是性感的，但你為什麼要意圖性感呢？你和我到底是在證明什麼呢？你知道嗎，我絲毫不想證明什麼，我只想愛你、被你愛、一起愛。雖然我也可能愛上像你這樣的別的女孩，可是我認識你了啊。我不想說是老套的緣份，但你要這樣想也可以！」

「我也很崇拜李連杰，以後我會去育幼院做愛心，請你饒過我。」她哭起。

「算了你不懂。」我很無奈。「那你說大人饒命。」

「大人饒命。」

「你說員外我錯了。」

「員外我錯了。」她放聲大哭，無比恐懼。

「這不是我要的。你這個蠢蛋。」我好失望。「如果，你願意把我剛剛一番話重溫一遍，濾掉我話中的怒氣後，你會發現、會驚喜我們是可能相愛的！對不對？你不必說對，那很虛偽，你只要告訴我你願意重溫它，這就夠了。我比任何人都知足！也比他知足！他是可敬的，他不深邃但是他是通透的，可是他掉下來了掉進來了，他走不出海底隧道雪山隧道，走不出淫水陰道，他只能永遠圈在地牢水牢裡出不去，這裡不是消失的亞特蘭提斯，他不是你的菜，你不是他的菜，你是我的菜，我是你的菜，只是你不知道。」我調理氣息，怒氣排解之後我對怒氣也感厭倦了。「我不想對之前的大小聲和我的遣詞用句向你道歉，這點酷我還有的。不過現在的我是個溫柔的我，相信我，我不會再生氣，那已離我遠去。你願意給我機會嗎？讓我對你示愛就好。只要你願意，我就有機會，你也有機會會愛上我。只要你能先給我機會，後來卻拒絕我的愛的話，我也不怪你，願意放你走。人民本該有遷徙的自由，廁所不適合人居住，我比你還贊成讓你走。你願意嗎？讓我從虧虧你開始就好。」

「願意。」

「如果你最後卻拒絕，我就對嚇到你的種種道歉，這樣你會接受嗎？」

她一頭霧水。

「還是我要先道歉？」我兩手一攤。「好吧，我先道歉了。誠心的。你願意相信我的誠心嗎？」

「我願意。」

「我懷疑。」我說。「但我願意信你一次。」

就在這時我被刺針飛彈擊中。我順著觸覺和聲音，按出來，竟有五封簡訊。極可能我跳舞時沒發現簡訊，或是後來傳來時我太專注於和Naomi講話而沒發覺。我發現許鈺珊瘋了。是發生什麼慘烈的事，需要這樣發簡訊嗎，多麼幼稚低能，就算真的發生什麼也沒必要這樣發吧。內容是無比的擔憂，情感強烈，並質疑羽羽為什麼還不回。可忽然，我發現許鈺珊是多麼偉大。

簡訊中有兩封有稱謂，出現羽字，我將它按掉。

「你看。」我把手機遞給她。「這個女人多麼愛我。她是仙女。」小螢屏在她眼前發光。「看完，有三封。」

小四方形的光線把她睫毛薰亮。

「她姓藍，當過Model。」

「藍什麼？」她好奇問我，一邊讀下去。

「你不會知道的，你不會知道的。她以前用藝名。她不適應這個圈子淡出了，不然她是有機會的。沒有人知道她的名字，只有我。她現在還是超正。」

「應該是個美魔女。現在的人都很難老。」看來Naomi有點相信我。

「她一直對我很支持，雖然這兩年我過得不好。媒體把她寫得很花心，這是錯的。她只是容易動情，不懂怎麼拒絕男生，怕拒絕了尷尬。雖然我脾氣不好，但她知道我的溫柔，不管怎麼輾轉，最終還是回到我身邊。」

「媒體最嗜血了。」她說。

「我會疼你就像疼她。畢竟我們還不熟，或許以後我會疼你超過她。」我深情的說。

「不過容我必須發簡訊給她。畢竟她這麼急切。」

茲事體大，我不願許鈺珊受苦。我大剌剌岔開M字腿蹲下，我覺得用這種姿勢發簡訊比較豪氣。

三兩下我快速發出：

「我在夜店，我沒事，回去再說。寶貝不要擔心，再大的困難我們也會走過。我是愛妳的！請相信我的愛。因為有妳的愛，我會更快樂更堅強，我們要好好在一起，我們要在一〇一大教堂結婚。先不要回覆了。啾。」

我百感交集，因自己的簡訊和許鈺珊的簡訊低迴不已。我收起手機，還是拉大便那樣蹲著。我的手延伸過去，往高處爬升，順著她鮮藍色的腿……

子：

骰鐘真的超好玩，大家猜點數，壓來壓去，懸疑中爆掉。黃馬尾姊姊說她原諒我，叫我以後不可以亂摸，這樣是很不尊重女性的行為。我說好。

爸去了好一陣子。Naomi姊姊回包廂後，我問她有沒有看見爸爸，她說：「……沒有，男女廁所是分開的。」過了一會兒爸回來了。他一坐下就小小聲問我許鈺珊是怎麼回事，叫我小聲回答就好。我說有簡訊是嗎。他說你搞什麼鬼，哭就哭幹嘛讓女人擔心。我說我和她講好有傷心的事要講出來，不可以隱瞞對方。他想了想說：「也對。」他把手機給我看，並說他蹲馬桶的時候擔心許鈺珊等太久，先充當代言人幫我回她。還說他不小心按掉兩封，只能用轉述的給我。我看了爸代我發的簡訊，訝異問他：「你打結婚？」他說：「小孩子談戀愛不是都這樣嗎？」我說：「也對。」

然後爸表情越來越神祕，好像要出突擊任務。他還是很小聲：「無論如何，無論發生什麼事，記住爸爸是愛你的。要堅強，和許鈺珊一直相愛，一起堅強。」我說：「對！我們會。」他擁抱我。然後說：「你準備一下，最後一首。」說完叫黃馬尾姊姊陪我玩骰鐘，就過去輕輕拍了海梨仔叔叔一下，兩個人到角落講話。

他們離去時，我看到爸走路的背影，很像鬼片漂浮，這大概是我喝醉。爸頭很低，幾乎看不見，不像自己走路，像有人搬舉著他。我想著他剛剛對我講的話，忽然很想尿尿。我想起我曾經穿紙尿褲的歲月，緊繃起來，說不出話來。那時媽媽離開我們後，打電話回來給我。她說她必須離開，要我體諒她，好好聽爸爸的話，還會回來看我。我說什麼時候。她說等她賺很多錢。我說要多少。她講她想買車開來載我去玩。我說我答應讓她走，我跟一般小孩不一樣。但我還是哭了。就忍不住啊。然後我很久沒講話，爸把電話接過去，叫我先出去。尿在尿布的感覺都很不好，那是停不下來的感覺，全身是不好的味道，皮膚爛掉，也給染色，皺掉，全身縮成一塊肉球，但肉會呼吸，我好像成了原生動物，外星生物，或一條魟魚，切八段的蚯蚓，被拿去麵館剁成的小麵糰那樣，然後被麵桿了來回擀麵，做成包子蒸或下水餃，我成了一塊大麵糰被拿去刀削成刀削麵，我被當油條去炸。我覺得好噁爛好噁爛好噁爛好腐爛我討厭麵食，麵粉受熱會發成好多怪物。如果是尿床，雖然會害爸爸洗被單、曬床墊，但醒來的剎那沒有包尿片那麼難受，是好受或難受我也不知道。當我醒來，一切在放大鏡又在望遠鏡裡頭移動，好像房間被上過一層新油漆，傢俱被上一層透明亮光漆，原來跟我躺在一〇一裡的書店沙發醒來的感覺是一樣的。黃馬尾姊姊一直招呼我玩骰鐘，她說我剛剛亂喊，我說那贏了還輸了。

父：

他醉到不行，酩酊大醉那樣，就別說走路，只怕坐都坐不穩。他對我說：「老大，你自己醉了還扶我。」我說：「你比較醉。」他說：「但我習慣了，這個是我的神仙生活。」才說完他又正常走路了，真神。好像清醒與否可以隨他，體內有個微調機制。我說：「我也愛喝的喇，可是你這樣怎麼當圍事。」他說：「你看不出我早就擺爛了嗎？」我說：「你是強者啊。」

我們到了轉角位子坐下，他竟先這麼說：

「是為了女人嗎？」

「……不是。」

「老大我跟你說，那種花癡配不上你，你不要往心裡去。」

「我反對你這樣講女人。」我生氣說，「但我不想跟你談這個。」我只想講正題。

「如果我們為了妹子還要互相報備，那我們不但不尊重女人，對兄弟彼此更不尊重。」

他歪倒在沙發上揮舞手臂說話，忽然我感覺他的胳臂像長臂猿那麼長。

「問題是……」我被他帶離我的正題。「我很缺，你不缺。為什麼你非要她不可。」

「我幹，你幹，我們都幹，我們都不幹，我們三P幹，先幹後幹，有差嗎？」

「或許有。」

「我不認為。你執念太深，你要修佛。」

「我要跟你講一件事！」我拉回正題。「我想到理由了。」

他一聽就懂，坐直身子。

「弄老外？」

我點頭，把我的發現告訴他：

「是這樣，他沒錯，只是來跳個舞，看不順眼無法成為我們動他的理由。但是他犯了一個莫大的錯誤。誠所謂入境問俗，我們中國人鬧事之後，不管錯在不在我，不會原地賴著，一來面子難看，二來怕對方落人來。可老外不同，他們認為自己沒錯就不想走，還賴著海枯石爛。甚至認為自己錯了，那也跟走不走扯不上關係，橫豎就是不走。」

「真的！」海梨仔附議。「他們沒錯，但很欠幹。這個理由很無敵——入境問俗！」

「他們傲慢，我們偏見。可他有他的傲慢就沒法攔著我們不偏見。」

「說得好。但我看是還好，那老外還稱不上傲慢，我們也一點不偏見。他只是狀況外，欠修理。」

他的清醒讓我訝異。

「我來動他。」我說。

「是這樣，」他一笑，勸解我：「我剛剛很想動他，但現在不想了。但我很高興找到討厭他的理由。」

「不可以。」我生氣起來，「我跟你相反，我剛剛不想但現在想。」

「或許等等你也不想了。」

「也或許更想。」

海梨仔坐得更直了，這一坐直像情侶那樣靠近我。雖然酒氣濃重，他以告白的語氣朝我讚嘆：

「你好俏皮。」

抓緊機會，我對他談到，匯十萬塊到我戶頭，這是前金。後謝我隨他，這是信任。他沒直接回應，只說：「你這是……我真的這麼醉嗎。」我說醉不好嗎。他說他現在頭很痛，心很亂，但不願失去我這個朋友。我訝異他這麼看重我，男人的萍水相逢竟可以如此情深義重，「一見如故」這句成語是真的，合著我們本來就是故舊啊。我懷疑我也醉了。我感動起來，撫摸他的臉：「我只有一件事放不下。」他別過頭：「不要這麼肉麻。你說。」

於是我說了：

「遠在春秋時期，有個國家，一個姓趙的大臣被仇家陷害，滿門抄斬三百多人。趙家只遺留一個活口，才剛出生，人稱『趙氏孤兒』。有個人叫作程嬰，他抱著這個小孤兒逃跑，一路被追殺，情況孔急，程嬰投奔好友公孫杵臼。他二人心想在劫難逃，做出了計劃。就是程嬰剛好自己有個剛出生的嬰兒，他把自己的骨肉和趙氏孤兒掉包！讓自己去對仇家密告公孫杵臼偷偷收養趙氏孤兒，然後讓仇家把孤兒殺掉，其實殺的是自己的小孩。至於公孫杵臼則當場自殺犧牲陪葬。這就是計劃。」

「重點是……」他很吃力的問。

「當他們兩個討論這場計劃時，先沒決定誰要自殺陪死。他們提出了一個問題，是活下來的人辛苦，還是死的人可憐。於是公孫杵臼說，我覺得活的人責任重大，我是懶惰鬼，我來死，以後你把趙氏孤兒養大，叫他復仇。就這樣，一個死兒子，一個死自己，一個把孩子養大，二十年後報仇成功。」

海梨仔終於懂我「託孤」之意。一度他以為我要殺我兒子。我囑咐他，以後羽羽的學費、營養午餐費、撫養費用，必須勞煩你，交給你我很放心，正好羽羽也好喜歡你。這是緣份！你必須面對它、接受它、處理它、放下它。海梨仔一度打斷我：「等等！它到底是什麼。」他茫了，我懶得讓他盧開，只對他再交代一件事，羽羽的空書包，希望你買點禮物讓羽裝回去，包括買一份小少女喜歡的東西。

「沒問題，我們等你出獄得了。」他擺頭晃手，酩酊答道。

他不知我連黎明也不想看到。

「這故事很酷，問題是羽羽長大要找誰復仇？」

這時他問我：

我想了一下：「再說啦。」

海梨仔說：「我也是這麼想。隨遇而安，隨遇而……恨。」

「恨，這個字好重。」我反對他這麼說。「你知道嗎，我不恨了，我不再恨了。」我感傷起來。

「那就不要恨！」他大氣魄的說。「仇就好。有仇不一定要有恨，有恨不一定要有仇。恨不會使人快樂。」

「那仇呢？」我問他。

「跟一個人絕交、結仇，也不一定要恨他、討厭他。甚至可能還蠻喜歡他、尊敬他，只是保持疏遠。這叫有仇無恨，疏而無怨。疏就好，懂嗎？遠而不怨。」我不知道他突然來這麼多大道理。他興致一來往下發表：「而當你討厭一個人、恨一個人，但你不會放在心上，不會和他有仇。這是有恨無仇。」

「我懂。但我的問題不是這個。」

他滔滔講下去：「不是有仇有恨又何妨，而是讓自己何妨有仇有恨。但無論如何都不要讓這股情緒影響你的心情。你大可愉快的恨、愉快的度爛。我跟你講一個很少人知道的事，董仔……」他用食指朝著地面指了兩下，是指夜店的老闆吧。「他擺過我一道。但是我沒往心裡過。因為一個兄弟我認了就是認了，兄弟就是兄弟！」

「我就欣賞你這點。」雖然不想聽他講古，但我尊重他。我愛他，也得靠他，兩者皆有，這樣的關係其實最真實。免得他還要說，我趕緊替他作結：「兩個字……」

「不要說出來！」

「義氣。」我說了。

「幹！」他又惱火又燦笑，對我熊抱。

友誼的表達不宜過久，我脫離他的身子，順口來了一句：「到頭來，無仇無恨，福氣！」

「福你媽屄！」他兩眼發紅。「無仇無恨，那種人太假。如果有那種境界，也是我們不希罕的境界。」

他所發的雞掰酒瘋，讓我怔住，尷尬，甚至我又開始度爛他了。我那樣說是想討他歡心，但也確是我當下的心境吧。一下子我又不懂了，我陷入混亂，我問他：

「那麼愛呢？」

我想知道仇恨的反方向是不是愛，但我不知道該怎麼表達。

「愛無所不在。」他說，「只是不與我同在。」

我不能苟同，但無法辯駁。後續，他原本沒把金融卡遞給我，只講：「我說了就算。前金個屁啊！」語調充滿義氣，照說此情讓我懷以信任。我說：「讓我好安心吧。」我很久沒收入，這對我來說很重要。他沒再多說，把卡片給我，告訴我密碼。他對我的一夜情讓我還沒離開他就開始懷念他。然後他捲起褲管，把傢私給我。我們「交接」完成。

前去轉賬回來後，我把我自己的金融卡放進羽羽的空書包。偌大的書包如今只放了一張小薄片兒。這是多麼莊嚴的祕密。我對羽羽講悄悄話：「我們發了，爸爸賺到一筆錢了耶！」我把我的密碼告訴他，要他牢記，並告訴他卡片就在書包。沒等他答覆，我拎起他：「Molisaka。」

講好了，海梨仔負責掩護我。他先跳一段「幹砲舞」進入舞池。也就是假裝擒抱一個隱形的女人，兩腳一起往前蹬躍，一邊蹬，一邊交互抽腰頂向遼闊天際的獨舞。四面一片歡呼叫囂。隨後我們父子檔進場。

海梨仔招手叫Naomi也加入我們。她笑吟吟雀躍著扭擺蛇身靠近。這時羽羽的笑容給了我很深的印象。音樂和舞蹈創造他多麼澎湃的笑容。果然，那個老外狂喜著，張牙舞爪奔向摩莉莎卡。

有一個地方　它的名字叫做摩莉莎卡
是我的兄弟姊妹　永遠不會忘記的家
有很多偉大的小人物　都在這裡長大
那當然包括　現在這裡唱歌的我和他

在很久以前　那時老祖先還在的時候

這一個地方的人　每天都要去砍木頭
把木頭拉到平地　做成木炭生火烤肉
就這樣快快樂樂　工作唱歌跳舞喝酒

摩　摩　摩莉　摩莉莎卡　摩　摩　摩莉　摩莉莎卡
我愛人居住的地方　也是半夜夢中的故鄉

摩　摩　摩莉　摩莉莎卡　摩　摩　摩莉　摩莉莎卡
我生命最美的時光　都在摩莉莎卡的胸膛

最後

故事在槍聲兩響中戛然而止。

這是老掉牙的手法。但也不得不這樣子操作。

但凡普天下的故事，走到走不下去之時，就是走向各種可能時。總不能叫他們原地踏步（跳舞）下去吧。

然而文學（藝術）的特點，也在於擷取、保留原地踏步的片段，或說鏡頭。既是停格，也是延續。

兩響，響在誰身上。

這不是刻意佈下的謎團。

或許，作者本身也難以理解主角將怎麼動作。或許主角自己也迷惑。佛家講「活在當下」，他當下殺誰，只有天知道，他自己也未必清晰。

死在當下的人，這是個排列組合的遊戲：

一，殺老外。自殺。

二，殺海梨仔。自殺。

三，殺老外。殺海梨仔。

四，殺老外。殺Naomi。

五，殺海梨仔。殺Naomi。

六，殺Naomi。自殺。

七，殺老外。隨機亂選現場任何一個不相干的人來殺（因為純粹想犯罪；理由可以臨時瞎掰也可以不必提出理由）。

八，殺老外。兩響都打在他身上。

九，殺海梨仔。兩響都打在他身上。

十，殺Naomi。兩響都打在她身上。

十一，自殺。兩響都打在自己身上（先朝腿開一槍，再朝致命部位一槍；或第一響是對空鳴槍，第二響讓自己開花）。

十二，誰也沒死（只是對空鳴槍瞎胡鬧，存心吃牢飯去）。

十三，誰也沒死（想射人卻沒射著，或僅是射傷，小傷啦）。

十四，其他。

唯一不考慮的組合，就是父親殺子後自殺。

這種剝奪親人生命權，將小孩視作私有財產的心態，將小孩帶離人世以向他人報復的心理，認為小孩沒自己活不下去，認為要死一起死的觀念，以故事中主人翁的理智是不會這麼做的。

這碗小說寫到這裡。或說這杯。或說這顆。

跋

從田尾到花盆

此一小說完成於二〇〇八年。出版時間是在二〇一四年。不長不短，六年過去，物象更迭，堪稱神速？——本書看來趕不上時代，書中角色用的還是MSN、按鍵手機、傳統簡訊，以及猶可在火車車廂間的連接通道以厚臉皮之瀟灑兀自吸菸。這其中有一段柳暗花（不？）明的過程，小說噴畢後不消多時，台灣禁菸令以大掃蕩之姿強勢執行（二〇〇九年），而時興的智慧型手機（二〇〇七年推出首支）及其所衍生的通訊軟體，逐年逐月，破曉就破陣，愈咬愈大口，迫使MSN薄情告別人間（二〇一三年）。如此狂熱消費的同時，〇七年到〇八年卻有號稱「世界金融危機」、「金融海嘯」、「經濟大衰退」等連鎖效應至今。既是奇怪，或也不足為怪（經濟的問題我不懂，是硬要說的XD）。

在我來看，所謂「堪稱神速」搞不好也沒什麼好神好速的。本書趕不上時代的說法，我亦不大贊成。老派手機至少還是手機，老式溝通法也仍是溝通。重點是溝通，小說自仍保有可讀性，物質變化再神，人心依然很古（包括本就不古），人心如故，總是這麼回事。坦白說，實際上使用老派工具和老式溝通法者仍大有人在（我和我幾個哥們就是底），且即便不再使用者仍可看懂我書中寫啥，就像現代人不會看不懂古裝片，也不會譏笑他們使用羊毫、鵝毛筆和馬車。但，有個問題可能存在，只因MSN、傳統手機等老工具老方法，和禁菸令之前的老習慣老滋巴樣，時空距離就在隔壁，讀者反而格格不入，不如二十年後的人來讀方不見怪。不知我這樣想是否多心了，但這並非小看讀者，只是難免不安。總之，將本書當作「古器物學」的歷史考古來讀也還是有價值的啦。嘩哈哈鈴。

再來，合先敘明（借用友人郭德厚教我的法律詞藻），——要談政治。向來鄙人之部份作品與政治此一穢物或多或少扯上關聯，蔡建鑫曾用「泛政治化」一語打趣。本書，往回推算，開筆（開檔）動工是在二〇〇七年，時台灣由扁政府執政；拉回來，完成和出版日已落在馬政府時期。小說不是社論、新聞寫作，與一般歷史寫作亦不同，不一定要把政治符號帶入。有時該直接，有時不適合。這一方面有其藝術上的原因，另方面求的是一種眼光，或者其他考量，討論這個很費唇沫。總之，本書並未標出「扁政府」等相關字眼來作針對性寫作。

上述權宜，不是卓見，只是拙見，怕自己犯笨，因拙作的背景著重在「時代」，這兩個字一套上去，時間就得拉長，不宜只用特定年份來指、用特定人物來對。簡單說，萬一下一任執政者也爛或更爛怎辦？那我寫的這本豈不就失去閱讀上的續航力？所以話不能說死，不能變成用小說去單轟阿扁時期多爛，果不其然，馬英九執政後怨聲載道。即便這不能當作我先見之明（不看好馬）的證據，至少我早有防備。話得說全，那麼阿扁的前任、馬英九的後任又曾／將是什麼光景？說穿了，都爛唄，如此一來小說不如避開談誰「爛」，否則這款話大家攏會講吱。況世事之變幻流轉，不見得只能從政治面來扣，我們常說的「大環境」是多面的；這些同歷史必然發生聯繫，可歷史又該從哪個點說起、切入才看出個清晰通透；這整個脈絡的解讀，必須交給史家與史評家。

除了咒怨誰爛誰更爛和比誰爛這些街談巷議，小說得做其他的活兒，帶大家去看東看西，爛也要有個爛滋味，小說捻探的是滋味，是人身上發生的事兒，是主人翁的周邊，重點在人，——人的滋味。故此，如果把小說比成一瓶酒，這本小說的釀造年份確實是標在瓶身了，但裡面的酒要更久，不然不經喝。或云，這本小說寫的是單日天氣，但反映的是時代氣候，甚至有可能達到半世紀的氣候亦未可知。

不好意思，解釋一大堆。赫拉巴爾完成《過於喧囂的孤獨》十三年後才出版，好像沒囉嗦個啥子，直接交給讀者，不怕讀者不明白，或也不在意讀者不明白。可見我有多敗。赫拉巴爾的小說是高級紅酒，我的是米酒頭套（混）伯朗咖啡。這是自婊，實言而已。但也套著自捧自high，覺得自己也不差啦XD，合著是別有風味咩。何謂米酒頭套伯朗咖啡？此乃粗獷工人或原住民的喝法。

■

關於時間這個題目，縮小到我個人身上，一本處女座式的計較，容我喀嗤喀嗤算來。

讀者可能發現，我的小說皆是倒著出的。生平公開首發作品《道濟群生錄》完成於二〇一〇年年尾，出版於二〇一一年夏天。王德威一句話「令尊周年之前」，讓它立刻展開出版作業，於是萬爸（就我爸）過世一周年的兩個月前，出了。

《摳我》，這是浮出的第二本，我私下笑稱它是「文青聖經」。二〇〇九年寫的。二〇一一年秋天出版。換言之一年內兩本小說出版，有點大膽。先寫好的作品，反而後出版，這是倒著出，而且頗成規律。

隨後是二〇一二年出版《ZONE——張萬康短篇小說集》，乃一九九八年至二〇一二年間的短篇結集。裡面最早的一篇是〈不景氣的冬天〉，九八年寫的。篇名，我很滿意，套用的是史坦貝克的書名《不滿的冬天》，改了一下，取個巧。除此，本篇乏善可陳。不過值得點出的是，文中所述之首都蕭條情狀，背景上是李登輝執政中央期間（一九八八至二〇〇〇年），及陳水扁執政首都市長期間（一九九四至一九九八年），可見台灣在當年就不少人不如意，十年後的《笑的童話》一書自也不會去指誰最該為人民的不幸負責。如果我的小說可以當成邏輯線索，看起來台灣衰敗的源頭是在李登輝，我的小說無意間倒說了真話（？）。然而李登輝是蔣經國的繼位者，小蔣舉他當副總統而捨林洋港，其老眼昏花豈能因晚年眼疾而開脫？蔣經國對台灣的施政作為又真的好到宛若神話？至今肯定李登輝與蔣經國的人何其多，固然真理與人多人少無關，但真理該怎麼看？如果真理是哲學家唯一的朋友，但真理有沒有對哲學家幫上忙？所以說到底（說到頭），小說在和政治、歷史打遭遇戰時，自應放低身段，拉高視角，呈現即可。當然，這也不表示我沒觀點，我愛吃餃子，我怎麼可能吃完一家餃子館卻說不予置評。「沒有觀點也是一種觀點」的說法只是我推出雙手朝天空撒粉的娛樂方式。

集子裡最新的一篇是〈房間〉，出版當年所寫。〈房間〉對台灣乃至於整顆地球的某些現象道出諷刺或揶揄，不過，說真的我也搞不清楚我在寫啥，只是恍然間當作一種沒有爬梳的爬梳，靜靜淌出一個東西，像聽一段空靈絃音，裨無始無終之美。〈房間〉讓我的朋友陳柏言十分欣賞，說這篇小說已臻「平禪心」（平、常、心）之化境（我好像曲解他的意思

XD根本是我自己在講）。有的人讀了則大呼噁爛、低級、真是夠了。朋友張偉國對這篇也有所批評或保留，說還是懷念我二〇〇四年寫的〈史尼迓〉、〈我的小偷朋友〉等。

從完成與出版的兩種時間來看，既是倒算也是順算，很夢幻，也很混亂，我一直跟過去的我在相處，日子卻又往未來去，有點相對論的體證，不知自己停在哪個點，開心，又白爛。在倒算與順算的同時，我亦將作品做了一番內容回顧，搞得我現在不知在寫什麼。我可以很負責的告訴諸位，二〇一四年暫時出完《笑的童話——跳樓與跳舞》，基本上我不再有舊作可出，也算達到禪門所說的「如實」，靠天。積極性的想法，此後面世的新作，將是我愈加無法迴避的新興頭皮屑粉末。在此我借用詩人王大雨的詩句：「用頭皮　向世界借火」。

浮想聯翩。硬要把所有舊作整理出清，不是不行，只是在文學殿堂的台階上，走路總得有走路的樣子。走路姿勢怪，好歹要把（太監的）袍子捏高才好走。舊作中尚有兩個不大合適出版的，皆是過去用於網路連載喇賽，一個叫《籃影球蹤錄》，這是寫台灣籃壇的同人小說，不熟悉此域自難入讀，對該作品像我朋友俞世豪那樣捧場的人極少，他大概每年從頭讀八次吧（誤）。

另一個叫《仙跡岩》，是個愛情鬼故事，女主角生前是樂團的一員，流連於台北景美一座名叫仙跡岩的小山，死後是否還玩音樂似無著墨，倒是談上了一段刻骨銘心的愛情。山是真的，故事是假的，遊人從平路逐漸通往山徑其間，可見中英文指示牌，山名的英文叫Xianji Rock，請留意這個Rock的雙關意。二〇一二年夏天，我從景美一個動物醫院出來，因為困擾於照顧幼貓不得法，在門口人行道上擠眉吸菸之際，一個提著貓籠的青年過來教了我幾招。道謝道別間我問了他的臉書，於是呂杰翰成為我的朋友。後來有天我在臉書發了一篇動態日記，自己在那邊白頭宮女話天寶，曾寫了一個鬼故事連載於「批踢踢」飄版云云，呂留言驚呼，原來是你寫的，當初我讀完後好一陣子不敢爬仙跡岩。是的，當時在網路鋪文的人只是一個叫作Molisaka的ＩＤ，呂自不知是我。這個作品的樣子很不像作品，筆風頗網路化，難免流里流氣，用來代表張萬康的作品之一是否吻合，我也不好說，只能擠眉弄眼。

呂杰翰是我喊得出名字的人，獸醫院門口各提獸籠一滾一飄去，隔年仲夏午夜，在豆漿店吃消夜時再次巧遇，這算重逢，此後又一別至今了，帥氣啦。有的讀者與我的接觸或說緣份更為有限，偶爾回想起，仍感花氣襲人身心煖。二〇一一年夏天台灣文學館在台中幫小的辦了一場講座，散場間一讀者男士，年約三十，壯丁模樣，請我簽書。他帶來《道濟群生錄》。除了開場白頭一句用國語「你怎麼這麼有梗」，其後一概用閩南語跟我開講（聊天），直覺這是他平日慣用的語言。我聽他口音像極我一個有趣的老大哥陳春上（居斗六，老家在南投縣名間鄉），遂問是否為南投人、莫非住名間一帶。他回答兩個字（台語）：「田尾。」這是彰化縣田尾鄉，離鄰縣名間不算遠，但離台中算有一段距離。是否從田尾跑這一趟，或是長住台中的田尾人我不確知，直覺（或基於想像）是前者。他的台語腔口帶著濃厚的泥土味（用一般的說法是口音很重、很土），卻又饒富一股韻味與音樂性。我向來認為法國話就是這樣，其實很土！如果說法國話好聽，正在於它有個「土祕方」，讓人身子帶動起來，自而配合手勢去表達。不同的只是俗見上我們把法文當優雅，分析後才發現土；而我們把台灣鄉下口音當作土，分析後才發現好聽。這位青年男士與我聊了一下寫作方面的事，內容我很難記清楚，唯直覺他是個耿厚義氣的漢子，這個印象，或說幻覺也罷，讓我每想起津津樂道，甚至因此跟人炫耀可見我的作品是很草根的。在我以為，俗民文學本無城鄉之別，至少我看我自己某種程度上就是在做俗民文學，說我的作品俗或不俗似都成立。說我的作品低等低能低級，我愈是當作恭維我優雅，我愈是感到我成功了。好幼稚，哇嘩嘩嘩。真的，我是很優雅的。

好像有人說過，寫作是寫給一個時空久遠之外的一個陌生人或你看不到的人看的，儘管

「他」是誰你不知道。這句話很玄，但我可以這樣想，我的每一部作品是寫給「田尾先生」看的。

出版上一本書和這一本書之間約莫有一年半的時光，我所搏出或玩完的新作有限，事實上從二〇一〇年底寫完《道濟群生錄》以來，我創作的量就已銳減，以創作的嚴正態度所寫出的字數，發表過和未發表的，相加不過約五萬字。固然我認為我沒白過日子，且泡茶抽菸放空我也不當是白過，但朋友們不免希望我認真拿出一點成績，合著泡茶完了就老上臉書發動態似嫌病態。朱天心跨年夜回覆的簡訊中祝我「新的一年想寫能寫☺」讓我在霜風中汗笑。這是二〇一二跨一三年那次的信息，會不會留到以後每一次都適用啊，顆顆。

在這段空淡期間，洪絢虹、KT等動物專家，對本宅貓狗提供諸多健康諮詢，醫師們亦給予有心有方的治療幫助。朱天文有次談及貓咪臨終前，主人隨貓化入「同步呼吸」的心狀，讓我印象深刻。我姊姊後來也體會著相關經驗，不同的是梵音中貓步蓮花。萬媽的身體曾出岔子，我自個兒也一身小毛病，內痔、巨痣（嘴角一顆老痣突然發疼腫脹，可能嘴太賤導致）種種，朋友們對咱母子的「雞婆」我超爽的。N年才見上一回的高中同學李皓博特地打電話，囑我治母對策，其間講解他父親從前相似狀況，忽忽停頓片刻，觸動，傷逝，我感覺到。因採訪而結交的王錦華，奉勸我一句超優的話：「身體在跟你撒嬌，你要善待他。」

看官！這麼好的句子，我能不分享給大家莫？哇哈哈鉿。

林亞靖、王大雨在本宅鬧水患的慘象中馳援保駕，他倆一個學土木，一個學建築，上帝派他們前來響鈴；按門鈴，打電話。這林亞靖不到三十歲，幾年來在全台灣四界跑，當工地的監工，同五湖四海的底層勞工們密切生活一塊兒，趁奔波之便、奔波之餘寫了一篇篇深入工寮豪宅的散文筆記，太有「文青心」。而王大雨做的是房仲業，簡稱賣房子的，他是個長期練過啞鈴的胖壯漢子，詩才殊勝，西裝筆挺下藏著「文青魂」。二〇〇四年我寫過一首詩描述王大雨其人其詩風貌：

鍛鍊大力士
婆娑鐵鍊枝
絕景處抒情
吐花時一次

奇怪，我要介紹他的詩才，卻貼我自己的詩，啥鬼啊，哇哈哈鉿。吊胃口，兼愛現，也不容易。

也是在同一段日子裡，我曾收養一隻名叫「花盆」的小黑貓。剛滿月的牠，被人放在我家門口的階梯上，用個花盆蓋著，萬嫣揭開來嚇一跳。上呼吸道感染，治療得救，住在寒舍「晦柴齋」兩個半月後託孤，由淡水一個好心地的女孩認養。為何說起這段？我對晦柴齋的茶友企鵝（綽號）笑云，我一生在文字上最偉大的成就，就是給撿到的這隻小黑貓命名花盆。這兩個字無懈可擊，渾然大成，遠勝我寫過的百萬字。一秒瞬間就命名了，毫不刻意，恰恰是大巧若拙。

這個例子說明創作不是件容易的差事。

或許我應該寫到這裡就好。如果強行來個收尾，我要這樣說：「願天下有情人在田尾撿到花盆。」你是我的田尾，我是你的花盆，反之也是。

丸尻法師（張萬康）台北景美蟾蜍山南麓晦柴齋

二〇一三年十月

附錄

給愛寫作、愛文學的蘭咖們

（寫於二〇一〇年）

年過四十二足歲，第一本小說出版[1]，這件事對個人來講彌足珍重。二〇〇六年得到聯合報小說獎，欣悅間心裡也感到糗，因為是個三十九歲的「老狀元」，那麼老還投稿參獎會被人笑話罷我想。更糗的是，船過水無痕，得獎後乏人問津，所謂文壇或出版界未曾有人問我是不是另外寫過什麼可拿給他們參閱。得獎之有無，於創作和發表上絲許看不到影響，想來這也不失為一件好事。人之常情上，如果有人睬我，只怕患大頭症亦未可知，更何況沒人睬也可以照發大頭症唄（我就是？）……直到得獎後的九個月，翌年仲夏，去萬芳醫院幫家父領藥，巧遇朱天心，無疑是一個轉機。

朱天心是當初獎掖我的評審之一，但在頒獎典禮的致詞上我未向主辦單位和在場的她表達謝意，心裡覺得講「謝謝」是不是官腔，彆扭。典禮後許多到場者在原地吃點心聊天，混了好一陣，我問聯合報某編輯小姐我是不是該跟朱天心致謝，她說你應該！你的獲獎經過她一番對抗。[2]

待我尋找朱天心的身影時，方知典禮一結束她便一溜煙從側邊閃了。當下我心中起了一個想法：「她一定不要我謝謝她才趕快落跑。」這是俠女風範。幾個月過去後，在萬芳醫院望見她時，原地我折來折去，到底該不該上去致謝，深恐打擾。心一橫我上去了，聽見我叫她，回過頭來她認出我。言談中她表示「不用謝！」接下來我從背包中取出我自己印製的一

---

1 本篇原是二〇一〇年年初，為出版短篇小說結集而作。同年夏天父親病故，年底寫完新作《道濟群生錄》。隔年將第一本出版作品改為《道》書，故而本篇一直放著，如今（二〇一三年夏）我將之放在《笑的童話——跳樓與跳舞》的附錄發表。

2 事後輾轉得知，從初審或複審經蔡逸君、林俊穎等把拙作挑選「過關」後，方來到三位決審手中。其一決審委員對我的〈大陶島〉一文很是感冒，表示我的作品水平反映出台灣道德低落到如此程度，討論間不惜聲言退席。朱天心槓上力爭，加以另一評委王德威合掌念力下，最終三人投票結果由我掄魁。該年頒獎次日，二〇〇六年十二月二十四日，聯合報刊登的新聞內文中有一段，「朱天心表示，這是她當文學獎評審以來戰況最激烈的一次」，這是比較含蓄的報導。關於獎項，接觸文藝以來有個體認，前三名其實都是第一名，就像坎城「金棕櫚獎」和「評審團獎」，或威尼斯「金獅獎」、「銀獅獎」，雖有名次一、二排序的表面差異，事實上均已受充分肯定，甚至「入圍就是得獎」並非安慰口號。不過，從台灣的文學獎評審各持意見而發生爭執事來看，我覺爭吵的本身更是一種純粹而高貴的價值彰顯。只因坊間重視文學獎者寥寥可數，簡單講根本沒人鳥它，評審卻仍那麼認真地閱讀、和吵架，這對我們創作人來說是無比的尊重。我們這批有意無意或汲汲營營於投稿參獎的無名小咖，所寫的鬼東西能被討論到，即表受到重視，即便挨罵，心中促起的動感，其實就是感動了。更何況我有時也疑惑自己「亂寫一通就對了」的方式是否鬧過頭，可見對我作品持負面看法的評委眼光不算錯，或許指點出我的要害。

本短篇集，請她過目。這才有三個月後在《印刻文學生活誌》的首次作品發表，而至今日的……

之所以自印「一掛」作品剛好帶身上，這是文山社區大學前校長唐光華先生對我的驅策而成。在我三十九歲方得到小說獎前，唐光華便拔擢我到文山社大教授油畫，願意將困頓的我視為人才（乃至爾後順請我帶一個文學和電影欣賞班）。得獎後唐希望我百尺竿頭，勇於把作品投往出版社自薦。雖我一些年來累積了些作品，但準備動作頗龜速，主因怕出版社會不會不鳥我而徒生挫折。許久之後終於理出一個結集，裝訂成書本子模樣，心想這樣投稿寄去好方便翻閱，舒展誠意。但製成後仍遲遲未敢寄出，那天便放身上想離開醫院後一會兒先拿給唐作紀念罷。無巧不成「書」，這本先交給了朱天心。

令我多少訝異的是，朱天心絲毫未感到「這小子自印一本小說集裝作家的派頭是多麼好笑的行為吶」。當場她以輕盈而慎重的態度把「書」收下。記得事後她於手機簡訊中表示這有如俠客贈劍，並轉述朱天文對我的鼓勵（說這是寫長篇《巫言》時可以拿來賞心一看的案頭書），我想她倆真是十分另類。在此我要向喜歡寫作的朋友們提出個分享，千萬不要自認平凡無聞、乏人注視到你我，就預設名作家們高不可攀或孤不可近將而顯擺架子。真正棒的作家是那麼的流露出親和力，那種對尋常百姓的親炙體貼是做作不出的。對了請別誤會，我並沒預設朱天心人不好哇，只是想不到她人那麼的好。

對後輩的提攜和打氣，天心是很開放式的。相識近三年她從沒建議我該怎麼寫，沒講我的寫作上有什麼缺點，曾寫信問她也置之不理。我足以體會到（嚴格說起初只是猜測），在她的想法中，我一講，你一聽，就會受影響而給限制住；你也老大不小了，有什麼陋點不必我說你自該知道，端賴你自己摸索出方子。有次《印刻》雜誌邀稿，我選的是朱天心和許多朋友均不曾看過的短篇〈劫後餘空（妹）〉，交稿後發簡訊對她表示這篇可能蠻爛的，然而她雖沒看過卻對我表示放心啦，「你寫什麼我們都覺得好」。我把這件事寫在這裡，可能有人誤以為天心對我盲目力挺就對了，事實上重點還是在「開放式輔導」。朱天心曾對我唯一一次表示深切質疑之情，是在萬芳醫院那次問我：「你為什麼頭髮這麼白？」只因早前頒獎典禮時期我曾把頭髮染黑。[3]

朱天心後來介紹駱以軍跟我相識（這個人我們等等後面會提到），駱則介紹一女作家與我有過幾面之雅。二〇〇八年的夏天，記得第一次遇到該作家，她對我說：「天心很疼

3 插播，二〇〇二年曾與一個樸實的大學男孩陳奕宏聊ＮＢＡ，聊一半陳突然離題問我：「你是不是挑染白髮？」我胡亂作答：「我挑染黑髮。」陳聽了面露莞爾我今仍記得；一方面是他的笑容帶著大真友善，二方面說話逗人笑約略從小就讓我起成就感。又，朱天心的母親劉慕沙女士第一次看見我時笑咪咪說：「萬康，我不知道你胖胖的！」頓時我臉上三條線。沒見到我本人之前，常有人錯想或誤判我是清癯消瘦、面澤蒼白的叔字輩型男，讓我為之困窘。但侯孝賢大師第一次望見我時講：「萬康！我一直以為你是個老頭！」這又太超過了。

你。」確實如此，而我心中的想法是這樣，不見得是我寫得多優的啦[4]，合著約略是三十九歲以前沒人聽過我，以及得獎後仍被閒置的背景因素，使她對長年熱中寫作的我有點起了惻隱之心，就蠻想幫我做個加持點燈。當然，我這樣的講法她聽了肯定不大樂意，這也等於說她理盲挺我不是了嗎？……天心姊我不是這個意思，我只是在拿捏謙虛上顯得笨拙。天心對我這個陌生人充滿了義氣。

同時，有一位樂於稱我作「《麻將淮海》的作者」的人值得一提，那就是朱天文。《麻將淮海》是我公元兩千年寫的長篇小說，至今改來改去、翻修整修無法完成。內容述及麻將和國共內戰、抗戰、北伐，從麻將的牌理和打法呼應到戰場上的戰略戰術。早前在一九九四年到九六年也寫過另一本麻將小說，寫了半天宣告放棄，住到南部全心打麻將去了（甚至也把我爸接去南部一起作麻將墮落，我爸殺得南部眾牌咖哀鴻遍野又甘心服氣）。天文能這樣叫喚我，對我的寫作長征上格外受用，或許《巫言》八年成書的歷程使她體及我糊塗多年的辛苦。

天文那樣稱呼我，是我將她的《荒人手記》帶給她作簽書，在扉頁上她這般留言。而《巫言》這本書她曾送過我一本，記憶中簽書連同稱謂僅七字：「萬康同業，嚴正的。」外加名字和日期。我無法翻開書印證轉陳於此，因為我不慎將這本書搞丟！當時我在木柵「怡客咖啡」讀它，離開咖啡店後，一手持書，一手牽狗，那天難得開車，來到停車處，先把書放在車頂，才得以空出手來開車門。接著把狗弄上車，人進去了，把車開走，回家後才發現書不見。這書八成從車頂滑落。我改騎機車回去沿途尋找未果。幸好我另外在書店買過一本，可以取來接力讀完。可是這本簽書多麼珍貴，只因除了天文的題字，裡面竟有七、八處她用原子筆修改之處。可能是印刷面世的版本中，有些句子她不滿意，故而暫時拿筆修改。這不是光改一兩個字，而是把新的句子寫上。我猜測，有可能出自她手中的贈書，都經過她一本一本的逐一比對與修改。這種「手工藝」是她自我負責的態度，也是她對朋友們的心意。當然，也可能這本是她用來修改給自己看，然後再對照手稿去改，以便下次付梓之用。我並未去求證答案，但比我對天文更熟悉的老朋友或老讀者，恐怕也不意外她手邊的一落書都經過她親手訂正。處女座的精神，有人說是「囉嗦」、「瑣碎」、「精細」、「在乎」、「潔癖」、「龜毛」，但我覺察朱天文的極致不僅於此。她的這種「小動作」反而透出一種瀟灑，豪邁。

4 也有人說過我獲獎的〈大陶島〉一文，「簡單講就是兩個字——『平庸』」；或有大陸網民譏嘲〈史尼逛〉和〈電動〉兩篇「我幾乎認為我在看先鋒作品，當然啦，這樣的小說若歸為先鋒類的確是過譽了」；頒獎典禮上一位與會者則持麥克風對全場坦率發言，得獎作品在他來看「不夠格」。

從《麻將淮海》串起友誼追憶，綜觀長年摸索創作和浮浪混日以來，我的朋友平時與我皆不常聯絡但表達了一定的關切，如住在斗六的野人畫家陳春上兩三年前北上時曾特別交代我《麻將淮海》勢必加以翻修完成；喜好劇場藝術的王子駿先生凡問候的開場白必是《麻將淮海》寫完了沒；搖滾樂手黎明翰則表示既然你說這本書爛那我非常想看（這個人怪怪的）。有些朋友我主動疏遠失聯十年，主因也與《麻將淮海》的失敗有關，讓我無顏面對時展笑，諸如昔日軍中學弟余俊生、陳孝先、呂金雄、張嘉麟等人；余對人慷慨豪爽，陳對新兵算有仁心，呂寬恕我在部隊心機深，張曾連續幾年於年初二邀我到他家和他父親、妹婿打牌，他母親總用佳餚招待我。連上弟兄仍保持某種程度聯繫的是住在鹿港的陳炳蒼，他的神奇事蹟說不完，譬如曾特地前往記者會現場辱罵政治人物，遭到國安單位一段時日的追蹤騷擾。

二〇〇七年的十二月隆冬，我和駱以軍第一次面會，並且是一對一，榮幸之至。那天我們兩個都穿超多，真的是隆冬。駱氏為文和作人，如同他的身軀寬實厚重。接觸以來，深感他的魅力其一在於很濃的學生味，老派的說法是赤子之心。國、高中時期他醉心於打架出頭，這點和侯導頗像，堪稱熱血，老派的說法是活得很水滸。或許可以容我試著這麼說——

呃……分析他人多少是不禮貌的，無論說對了幾分或沒說準；也或許我的不安反映出我自信心不足——，成長過程中他們通過對大俗生命的熱愛，轉換在大雅的領域上完成自我實踐，終能皈依於藝術[5]。滌去青春時期的悶狂爆發後，時至今日他們身上仍有一股豪興痛快，十分鮮活可親。不同的是，侯導當年有鳳山城隍廟這個據點當精神堡壘，而以軍過的是漂流式的游擊生活（消失的古游牧民族？），有時上學校陽台助陣打幾拳作滋擾自我與他人，有時補習班旁的巷底挑起群架而遭狂毆，且戰且走的瞬間高壓高風險和不安無依或許是他作品中一個詩鬱性的「底蘊」；……尋找回家的路，遠古祭壇儀式的呼喚，荒唐中發思古和思春之幽情，這便是駱以軍的某一面寫照。以軍跟我同年生，但在寫作的實踐、體會和成績上是我的前輩，高來低去，他能寫精深浩密，亦能唱出小橋流水小俏皮。他的寫作健行或說攻頂，在實踐上頗如黃公望〈富春山居圖〉所展現的「山川渾厚，草木華滋」規模……（只說「頗如」，並沒說「恰如」或「正如」所以肉麻度有節制）。因為各自於創作中的耍賴式滑稽表演，與一種人、兩種命的不同人生模式選擇，朱天心講駱與我的作品是一體兩面的呈現。天心的話自讓我和駱對彼此的作品感到好奇，之後我讀了駱所著的《遠方》、《月球姓氏》、

5 其中有個不可忽視的重點是少年侯孝賢就一直愛看書；而駱氏是在念高四重考班時期於信義路書店偶然翻到《梵谷傳》如獲神啟，及讀到張愛玲小說大為驚豔卻渾然不知此作者乃名家的一段神奇經驗，以致考進大學森林系後毅然無悔地轉往中文系文藝創作組。

《我們》，深感我想寫而寫不出、想說而說不好的「險境」皆經他妙手捧灑出，——這就是作家能帶給讀者的幫助。而近八百頁的長篇著作《西夏旅館》中，駱寫出許多直達國際級一流水平的篇章，讀來叫人震撼，堪稱文學奇觀。反過來，駱對我當成鏡中人看待，認為我筆下的那些題材和內容，是他極感興趣惜無緣經歷的一些擦擦撞撞。我說我真想把這些題材說你聽讓你寫，出來的東西會更好，他謙虛推辭說樂見看我在寫作上的惡搞，並表示我寫的東西是不是文學已無關緊要（曾寫過一部沒發表過的《摳我》[6]，看過的人只有他說讚。我還真好意思寫在這裡，真是自己把自己慣壞）。缺點交換方面，我對《西夏旅館》提出讀後感，談及疑慮處或建議處，作為輸誠。他亦不諱言我有些作品失之「歪斜」，頗似禪語，有待我開悟。以軍於忙碌多蹇的生活狀態中，仍保持著不忘對我灌氣，對我總讚美說：「康寶，你是最好的！」這已然進一步超越了「開放式輔導」，而至「放爛式教育」之境。後來，我才曉得他對誰都是這樣熱烈讚美，不免吃味，有一種小女生被情聖呼攏上當後的憤慨。但實然加以玩味，他對我（們——包括所有勤奮的創作者）的這種放縱放爛的胸懷，是叫我恣意放肆放伍寫下去就對了，更是要我敢放屁、能放空。如有天我死去，需輓聯的話在此我先作出下聯：「敢把放屁當放空」。上聯暫時懸念，讓別人寫。

另有一位對我長年關照，待我既非開放也非放爛，他是過去大學時代我們系上的版畫老師吳石柱[7]。一九九〇年前後吳石柱離台，因性倔，長年獨居比利時鄉下。一九九三年夏天我在巴黎閒遊時兩人重逢，當年返台後一別至今。但窮年累月我們不時保持電話聊天、筆談郵寄往返。我倆幾乎只言說和筆談國家大事[8]，相互間既沒聊過藝術，也沒講過半句「張萬康你並非失敗者，我以你為榮，你要加油創作，我對你有信心」，或來一段什麼感觸興歎「那個荷蘭的無耳前輩比我們歹命，你就學蘇東坡寫你的〈寒食帖〉，我作我的畫，沒人看你的文章，沒人買我的畫，大家互笑於無佛處稱尊唄」諸如此類。似乎兩人作上朋友就已然是充分肯定對方，說啥都是多餘的廢話，又似乎「本來無一物，何處惹塵埃」，腦海中沒存放過那些五四三。從我能得文學獎到出版，這兩件事有的認識我的人感到意外且很瞎；有的人可能覺得不意外，但驚喜；有的則覺意外又替我開心。而吳老得知我獲獎後的反應最顯平淡，信中只說「這不是一件容易的事」，便又繼續問我選戰的事（台灣最不缺的就是選戰，我和吳老遂容易維繫友誼密度）。吳老是認真的實踐者，成日忙弄油畫和版畫，日出而作，日入而息，如農工踏實而規律。我曉得我能出書，長年幽嚐創作鹹酸甜滋味的他定是最高興

6 後於二〇一一年秋天出版。

7 台灣幾位金屬版方面的傑出版畫家是他帶出來的，如二十九歲英年早逝的蔡宏達即是其一。

8 吳石柱是韓國華僑，童年時期遇過韓戰，頗具憂患意識，這種海外同胞特能傳承到愛國的老傳統，對台灣內政和兩岸關係長繫一份關心。

的幾人之一。兩年前的農曆年前，在沒有徵兆的情況下，吳老驟發胰臟炎，送醫後在一週內過世，年六十六。吳老的女兒從布魯塞爾趕來已晚，事後通過他的手機電話簿逐一撥電，接起後我方得知消息，雙方未能見面的年數往後推遲。最後一封來信是在我接到這通電話的十天前，信中難得沒光寫政治，尚寫了一句：「在YouTube看到台灣夜市有賣韓國辣年糕。」在此點播一首Tizzy Bac樂團的〈我又再度依戀上昨天〉給吳老（如天堂有電腦他從YouTube可搜得）。

憶起三年前首次在《印刻》雜誌發表作品，朱天心寫了一篇〈大隱於市張萬康〉描述我。有的人說這篇蠻貼切，同時側面得知有人看了說噁心肉麻，針對這點，在此我引用一位朋友曾說過的一句名言代朱天心回答：「請把我的有趣當肉麻。」

對我而言，「大隱於市」讓我首先想到的是《三國演義》的彌橫（字正平）。這名隱士且是個狂士，口才一流，罵人痛快，尤能是個一流的鼓手，大家雖討厭他，但緊接著當他表演鼓藝時，能量掃射所及，「音節殊妙，淵淵有金石聲。坐客聽之，莫不慷慨流涕。」這渾小子意猶未盡，接下來甚至脫光衣服惡鬧，全裸打鼓。曹操斥他無禮，他朗聲答曰：「欺君罔上乃謂無禮。吾露父母之形，以顯清白之體耳！」曹操吐嘈說你清白，那誰髒。彌橫的「賤嘴」後惹來殺身之禍，儘管直接下手的不是曹操。在我來看，彌橫根本不怕死，不過只是淋漓盡致於己，同時對這個亂世他早就絕望。京戲把〈擊鼓罵曹〉搬上舞台，雖無法全裸呈現，但「擂鼓三通響如雷」的震撼堪稱經典。從彌橫身上，使我覺得現代盛行的搖滾樂即便演出時放浪形骸也不值大驚小怪，沒啥能不能接受的，況乎彌橫玩的挑戰更大（所挑戰和角力的權力對象更大）。在能量和華彩上，京戲老生露的那一手鼓點子，也鮮有搖滾樂的鼓手能比擬。

話頭掉回來，我要說的並非把自己比作彌正平，或自詡是什麼空谷幽蘭野白合也有春天，在才華和勇氣上我只是小咖咖，至於清逸的靈心鬼才會有。向只覺「大隱於市」是個常態，有一位朱百鏡就很會寫東西，但大家可能沒聽過他（我偷學過他一些寫作技巧）。有個叫王大雨的人，寫了不錯的詩也未曾公開發表。醫師西馬（綽號）寫過對住院病患的直擊筆記，讀來醇厚有情，讀過者又有幾人。這一兩年認識的朋友葉致綱，筆頭流露誠懇，徐徐聚光散淡溫熱。我的朋友青年張偉國，書寫的散文小日記，寫到與母親等家人朋友相處種種，那麼內斂，那麼好笑，真真是殊妙凝定又灑脫。台中的鼓手小土（郭易隴）說自己只是模仿駱以軍的筆法寫作，但世間沒有一個人可以全然複製成另一人，他有屬於自己充沛的感性及其青春糜廢小故事偎靠相體貼。青年小融（陳柏融）從台南到淡水求學，畢業後飄落於新竹，多年來在便利商店當大夜班，另攻期貨交易術，人溫溫吞吞，結結巴巴，可文藝造詣方面「下筆如有神」，卻從未作任何投稿，寫作純作養心（魔）。小伉儷劉傳祥、趙蓉詩文風輕快生趣或清愁生姿，別說世人不熟，我跟他們也不熟。朋友沈信緯學的是土木工程，但可以把駱以軍《月球姓氏》的〈大水〉這篇寫出一種深入閱讀又不具腐儒般學術腔調的讀後感。朋友俞世豪與文藝接觸有限，念的是法律，只鍾愛籃球（今年二十八歲仍像少年時期兩天不打籃球就會死掉），大學期間打到校隊惜無法再上層樓，然通曉人情義理，對動物亦表現出不以「人比動物大」來對待，這樣的人在我眼中就很成功，未必要當明星球員或考中司法官才叫成功，才叫「全人」。特別的是，俞沒看過所謂藝術電影，但我在社區大學播放時叫他來看，他看出滋味，能相感相應；然即便他欠缺這方面感應力我對他亦是肯定的啦幹。俞的球技誇張來說倒也堪稱「大隱於市」。

比起彌橫，我們這些人只算小隱，但如果把「張萬康」暫作普天下「平凡人」的代表，說大隱，就對上。——事實上朱天心在該文中點到了這個意思，只是她下筆的虎虎生風使粗心的人忘記或忽略她對平凡作者（們）、平凡故事、平凡角色的喵喵心照。「大隱於市」這個「大」自非偉大、強大，只是人間之大，我（們）委藏一隅，即便無能見度於地表藝壇，但非瑟縮寄生，並仍不失對自己存在感的掌握。友人蔡金琴寫過一句「『我們』是最濫情的字眼」，無論用在小兒小女或國家大事諸如選舉造勢場合等——這句都適用，但在此請容許我濫情連結到我們，不然用咱們好了。

誠然我僭越了「平凡」，假「平凡」之名就可以亂寫出書嗎？有人或說你「平凡」個沒完八成自命不凡啦。在寫作的活兒上我還粗著，所幸我的讀者的心是素的，從我尚不成氣候的筆觸中，他們（……說「他們」可以了罷）仍得以發想和進入到我覺察不出的細微處。就好比我隨手拍了一系列照片，……你們……說真好，其實我是無心插柳亂亂拍，好的是你們。無疑地這是大家對我技術上的包容，以及不用藝術高標準來苛視我，其實我只是有一台好相機。它的瞬間對焦和自動雜「焦」功能，讓大家可以把照片看得更清楚，比我自己還清楚，於是可能趣味出現——讓大家察覺我寫的都是你我身邊的人事物，即使他們是昏庸或北然（白爛）的。解釋太多又何苦，幹，我們都很不凡的啦。

另外「大隱於市」讓我容易想到的是貓特愛鑽隱於棉被中。不下一次發現當把棉被摺成扁平的長條狀，我的貓就讓自己像比目魚那樣扁平置入躺著，棉被外觀毫無貓隱的外徵。或許，這隻貓的行為習性可以給人某種開啟。電影《艾蜜莉的異想世界》也有個這樣泅潛於氣泡顆粒中的「作家」，不是嗎？棉被是一層，更進一層來說，我們都是「大隱於市艾蜜莉」，這樣說就清楚了。藝術的創造，不是什麼至高無上的上帝之吻，如能有艾蜜莉般美麗心境，比起多愛搞藝術、多愛接近藝術，方更是個所以為「人」的基本面。艾蜜莉一個很珍稀的情操在於「發起」（進而「實踐」），她悄悄用她詭異的小手段實踐她的小正義（惡整欺負遲緩兒弱勢者的水果攤老闆）、公開用她沛然的小發難隨喜完成她理想中的小溫愛（如牽盲人過街；這不是老師教導小學生該做的嗎）。大一時讀佛洛姆的《愛的藝術》，其中談到什麼是愛情，記得有一句大意是，愛情是通過一個人去愛全世界。但在艾蜜莉身上是相反，對人間有情，才能談愛情。

換句話說，在「人」的方面作成一個人，比作為作家藝術家科學家企業家律師醫師會計師令老師更來得緊要，相形搞不好也更難（驚）。試探「平凡」的真義或真境，容我有很多話要說。也容我這樣問，在生活的教養上我們是不是出了問題？曾在晚上十點多騎車經過台北縣新店某街頭，望見一個小飯館打烊後，沖洗從店內到騎樓的地面，女店員在騎樓嘩啦啦掃水刷地，一旁年約五十的男老闆對每個經過的民眾逐一用親切而略揚起的聲調提醒：「對不起小心地上滑喔！」停在現場不遠處「偷」看下去，發現無論任何年齡、性別、裝扮的路人甲乙，均冷漠走過，置若罔聞，看也不看老闆一眼。而這位老闆彷彿依循著某種信念，對無人應聲看不出感到喪氣，像是演唱家在無人的觀眾席前仍以清亮的嗓子表演到最後。他的表現還蠻自然，讓人感覺不到這個信念經過命令的發動，也像他和大家很熟稔似的（……裝熟？）。

在這齣狀況劇中，大家的表情不僅是冷漠了，甚至那是種倨傲的臉色彷彿在說：「叫什麼叫？」或「那你幹嘛洗地擋路。」是沒錯，老闆作出的親切和貼心狀，或許只是怕誰摔了給我添惹麻煩，並非特值一書的人格品質。——如果勤於懷疑和批判的人大可這麼想。但不禁要問，台灣是從什麼時候變成這樣冷漠的一個環境？也或許，有的路人訝異老闆的貼心，內心微起善的幅動剎那，來不及反應，人已經過。——如果是這樣的原因那或許狀況就不那麼顯憂，需要討論的是沒人教我們「回應的能力」方使我們一時陷入不知所措的一種隱憂。

　　這或也涉及民族性／文化脈絡／社會經濟型態變遷／城市文明進程等相關討論題目。也就是說這件小事不止是一件事，它可以扣到很多事情上頭去看。誠然，這件小事範圍有限，在科學和學術上必須有更多店家以類似狀況的實驗採樣去提供分析觀察，至少還得驗證訪問該店家的鄰居們和路人們，是否因為平時討厭這家店的人所以才以死臉相待。

　　又或許，女性，尤其東方女性更加容易害怕男性忽然發出大音量，即使那老闆沒那麼大聲但相對於我們婉約的東方女性的弱小神經來說算是轟然巨響了，由是路過的少女熟女內心忐忑皆來不及遑論回眸或回應，媽咪說過少和陌生人講話，「歹年冬，厚色狼」。可是如果「東方女性說」可以成立，又怎麼解釋男性路人們也不搭理老闆呢？因為台灣男性普遍上罹患「恐Gay症」，喔雖然我不歧視同性戀但萬一理睬陌生男人就會被誤認是同志於是這就等於恥辱，是這樣嗎？既然不歧視又何必被誤認就跳腳。

　　事實上可能是這樣的，台灣人普遍認為，在路上會跟陌生人主動講話者，大多都是精神障礙者和心智遲緩者，或是對我有所圖者或詐騙者，我們少惹為妙。如果我的推論還蠻對，那麼我們對待遲緩兒和精神障礙者或說精神疾病者的態度就有問題。很可能出問題的、故障的，不是他們，而是我們。我深感他們袒開自己主動對人講個話的情操，正是我們失去或欠缺的。說「情操」是說大了，但我仍要這樣說。

姑不探因，只見果所呈現的是，無人回以老闆謝謝，或ＯＫ，或喔好，或以自然或做作的語調對這二人說啊辛苦了。學校和家庭教育沒教我們若不敢說話可以輕點個頭示意，社會俗成上也沒發明出一種「友善的手勢」供人簡便溝通使用。在此不如我來發明一個手勢，把豎起的中指彎曲，做出雨傘把手的勾勾狀，以表示：「謝謝你的雞婆」或「俺知道了啦」。這些路人的冰冷淡漠，使我覺得所謂「善意回應」就別談「善意」了，好歹也該有個「回應」才像話，即便「不友善的回應」也比沒回應來得像人，至少彼此互醮幾句「令娘的嘜假啊」、「你跛倒尚好」也使寂寞的深夜平添點熱度或趣味唄。如果是艾蜜莉經過這片騎樓下的溼地，我想她大概會答覆那個老闆：「我有練過。」冗長一點的回應是：「叔叔我有練過。」想當然耳，那位老闆孤單單樂在其中的執行力也是一種「艾蜜莉精神」。喔這些和台灣的經濟競爭力有關嗎？有的，我的直覺告訴我絕對有，但在尚未具備清楚簡潔的表達能力前我最好還是打住。但我確信能對人先採主動釋出什麼，及對人能表現點基本回應的人，方可以稱得上平凡或質樸。後來我正想假裝經過老闆面前打聲招呼時清掃工作已告結束，「平凡任務」宣告失敗。

回頭談寫作。對真正想寫作的人來說，得文學獎與否是不重要的。除非沒得就不寫下去。從尋找曝光管道或功利的角度來看，得獎後我不也依然沉寂，直到路上偶遇朱天心。或許是題外話，儘管於今寫作上有了門徑可以寫給較多人看了，日常對外接觸上，親愛的家母可以輔證，獲獎前、後乃至今日我的電話和手機鮮少發出鳴響；我的人不清幽，但手機很清幽。關於只有詐騙集團常打來吵我的互動笑話在此我先省略，因為真的太好笑了，我得留一手，注意，是互動喔。又，去年夏天卯起來我移除MSN，原因是「友誼太短，名單太長」，常好幾天沒人敲我是怎樣。

「朋友，你寂寞嗎？」這是港片《安娜瑪德蓮娜》飾演一個溫吞小平民的金城武忽而有天動念開始寫起小說所豁落出的第一句。在此我把這句同生活上和追夢上受到漠視的宅隱男女們相取暖。

有一個有趣的問題是，假使我沒得過文學獎、假使朱天心不是那屆評審，當時我仍從包包取出我的作品集說聲請過目，那麼我會不會仍有往後發表的機會？我沒問過她這個問題，但這對我們這批欠缺管道的創作者來說或許是個重要的題目。台灣不比國外，曾有一部電影《尋找心方向》，有一角色想成作家（或說純然只想發表創作），便透過經紀公司幫他打點投稿事務，他只負責寫和專心失望即可。

在此我的答案是，會的。

只要你是個溫良恭儉讓的人，只要你認真在寫，寫到一個自認與天地對話的卑渺程度（注意，不是自憐，頂多只是忘我和滅我），對方如果是大師，便能一兩眼因順識出你。這不一定是像青幫中人相遇時靠打個青幫手勢就得以辨識出「自己人」，文學和藝術的領域中沒有這種手勢，那些「你也讀羅蘭巴特、卡爾維諾、波赫士啊」的符號元素表並非絕對的通行證，像我根本沒讀過這些，天文、天心和駱以軍也未曾潑我冷水：「那你也敢寫東西給我們看喲？」教育學上好像有一種說法，對一個孩子講他多好，他就會變得越來越好。朱、駱等朋友就是這樣對待我的。

是這樣，一九九〇年大學畢業前後，我就半刻意的不再閱讀爾後問世的當代國內外小說，自以為叛逆而封閉於任何新資訊，因此我對文藝的認識，現代文學方面只到白先勇、黃春明、阿城、馬奎斯、昆德拉等中外作家就打住；電影則約略只到侯孝賢、法國「新新浪潮」三傑。如此這般一個人悶頭搞創作的過程中，後來依稀聽朋友講到村上春樹、王家衛，但我全無概念，不知為何也不感好奇[9]。二〇〇二年之後終於開始接觸到一位「新」作家聶魯達，雖然他不是新人但一如格瓦拉都是後來才在台灣流行開的人物。那陣子開始寫詩，寫了一狗堆，印成紙本（原來這種印自己東西的壞習慣早就有了），有天一個朋友的朋友翻了幾頁，呼說一定要借我村上龍的書，跟你很合。過後對方（此君本名叫商毓倫）帶了三本借給我，村上龍成為我認識的第二位「新」人。

直到二〇〇六年底，方又更進一步，後知後覺台灣原來有一位「新」秀叫駱以軍（因我得獎後某一天藉著網路搜尋兩大報歷屆文學獎得主，查下去始發現他受矚目多年）。儘管朱天心、朱天文出道甚早，但對其作品一直沒去接觸，原因與去日年輕人重西片勝國片約略相仿，覺有讀黃春明、白先勇就交代了，不然就去讀更早期的，對當代文學從而以「無所謂」、「不重要」視之，甚至當侯導的《童年往事》、《戀戀風塵》讓年少的我興起感動，我仍對電影編劇者朱天文的小說家身份不感好奇（認知上把電影看作是導演的藝術，編劇定有其功勳，但片頭字卡的團隊名單看了也就看過去，可說見山不見林之懵懂）。正式閱讀天文、天心、以軍的作品是從二〇〇八年年初開始[10]。也就是說，因為過的是人間蒸發、斷絕

9 有幾年成日只想聽傳統戲，堪稱「鎖國」，除此書本上多半接觸軍史，進而認識徐宗懋先生在其麾下做兩岸近現代史工作。徐先生深具人文涵養，見我悉心埋首而欣悅，我說想停了他也成全，這便是其人文涵養寫照的一面啊。我以為「人文涵養」的最高意境在於「體貼」，徐先生可如朱天文所言「當場溶於對方，溶於情境」那般來體恤我，既溶而有容。

10 記得二〇〇七年底初見以軍，他贈我一本在扉頁上親題「幼稚之書」但明明就很屌的《月球姓氏》等作品。那次我請他建議朱天心的作品讓我讀，他眼睛發光正經說：「《古都》你一定要看。」二〇〇八年農曆年前我則從天文手上接過一本我後來稱為「神出鬼沒的幽默」之書——《巫言》。

文化資訊近二十年的穴居人生活（說到穴居人，二〇〇七年夏天我才買了徐四金的《香水》一讀，他算我認識的第三位外國「新」秀），或許可以說我的寫作方式仍保存、或說落後在八〇年代晚期的那個點上。然而拒絕進化並非我長期寫不好的主因，跟我究竟屬於什麼年代無關，而是爛就是爛。說到底我的作品其實也不像有那個時代風，代什麼代，風什麼風，總歸離風華絕代還有無數光年的距離，穴居失敗。

作個假設，如我早一點讀到以軍、天心、天文等人那麼精湛的作品，那麼我會不會早一點在寫作上得到進步？……基本上會的。但也可能以我從前的吸收能力和品味範圍來看，我的欣賞層次還無法讀出他們的好。另一種可能就是，當我發現天外有天，反而失去信心來瞎寫下去。或，讀後我得到莫大的寬鬆感，有人代我淋漓寫盡，往後我便自在於僅作讀者（說真的愛寫的話還是不可能不寫，但肯定會早一點丟棄傲慢）。又，我自問，如果天心、以軍等人未與我結緣，是否至今我仍不會翻閱到他們的著作？按我隨緣和抗拒資訊的冷漠態度，這極有可能（兩三年來自是修正了；包括訂購了《印刻文學生活誌》。這本刊物我因孤陋僅依稀聽過，二〇〇七年以前封面沒見過一次。錯過的好書也得找來看，追學分）。也所以，當他們對我厚愛的同時，讓我對他們的作品產生好奇，想增加彼此的理解，從而讀起。心情上戰戰兢兢，怕會不會不好看，如此一來他們喜歡我作品，而我對他們的作品沒感覺甚或沒喜歡，這就心裡藏著不好意思了，即便認識以來他們從未帶一兩句問我對他們作品的看法[11]。結果讀了真是長見識，哇哈哈，爽。照「臭味相投」的理論來看顯然我蠻多慮。

但，我對唐諾的散文論述還是感到些障礙，恐各方面才性和閱讀經驗有限，須以高度的專注力方能稍窺解山中密藏。唐諾是個侃大山的主角，言語珠璣，談笑風生，我沒一次能專心聆聽，腦筋沒跟上半次。原因是天心等人對我太愛護，我內心嘀咕自己其實過不了眼前這位智者這關，但凡他一開口，我就暗自緊繃，無一秒安神。唯一一次享受聽他講話是在台北紫藤廬的陳冠中、梁文道講座會場，我大笑開懷，亦暗自驚心，原來躲在人群中，拉開空間距離，心反而整個放下。面對大師絕不能心有塵埃，也不宜故意想表現自己懂什麼而硬跟或亂接，否則無法聽到對方想講什麼[12]。唐諾很好笑，當時他的發言結語是對梁文道說：「雖然我不能代表台灣出版界，但我願意向你道歉。」這種語態句型讓人絕倒。唐諾乃一酷者，

---

11 像我這種俗人就很愛問他人對我作品的看法，雖然這也沒不好就是。尤其我對小說的重視大過寫詩，更想知道。寫詩我也認真寫的，只是詩這種東西，你只要隱約問一句，讀的人就認為你不酷了，所以一定要ㄍㄧㄥ到底。這也是為何詩人都很會把妹的原因。故而從我的把妹紀錄來看，我是個不成功的詩人、不結伴的寫詩者。蓋當時我寫起詩的主因，是發現籃球打得不夠好、又不會玩搖滾很難招引女流目色，雖說讀過美術系可以靠畫圖，且終究我還是念西畫組的，但畫圖比起寫詩前者實在費工。

12 這一點駱以軍也有他的怕法，如見唐諾、天心、天文三人前，常連續拉肚子不止，可能怕他們對他「還是愛，但不喜歡了」。——《初夏荷花時期的愛情》經典詞句。

對文學標準極高而把關是其一，既天心等人肯定我何須多此一舉加碼使我忘形應是其二，相對上對我的讚美就少，也因此在紫藤廬門口，梁文道對我睜開小眼睛表示我小說寫得不錯，忽而唐諾上前附議：「沒錯吧！沒錯吧！看了吧？」我聽了當場就跑到馬路旁嘔吐十幾大灘穢湯，腰直不起。一來這竟是兩位高人齊聲溢美，恍若把我推入太虛幻境難消受。二來也懷疑他倆約略有說客氣話的成分？先吐再說啦。那說真的，我還早。我覺我寫的東西像地方雜耍，要像徽班進京上檯面還有段距離。

以上翻來覆去的一些檢視，我明白我錯失了許多學習機會，但說真的我也沒啥感嘆或懊喪。這有點像文革即便耽誤了國家和個人發展，但人不見得不能從時下環境獲得生命養分。好比這幾年我不再打麻將虛擲了，但往昔在牌局的鬥爭中確實我有悟道耶，顆顆。用「往昔」這個字眼比較優美啦，每一款命運有其足堪見識的況味咩。識者應可看出我假作謙沖的背後，實則對往昔頗有些蹺課般的沾沾自喜罷。自己摸索半天耗費許多爛時光的寫作方式，大概也可以叫作一種半路出家。我管自己叫素人作家，某種程度上也貼切。其實我應該叫半路回家啦。回家後，開始出發。讀者您現在正讀的這一段，包括從「是這樣」這段開始以來的幾段，皆是寫完整篇後回頭補上來的；寫到這裡一直在想要怎麼跟下一段銜接才順，但我不想再費腦了，素人是可以亂入的。

所以再來，我還要感謝一個人，就是侯導（之前順著提到他就暗輸感謝之意，但現在認為還是要特別寫一下，只是將忍而言簡意賅以免落落長寫不完這篇）。駱以軍曾說他是「神物」，我聽了嘖嘖稱對。他的藝術成就眾人皆知，這裡要講的是他人格魅力的精采。只要是他出現的文藝講座，當場面對面的接觸，席間聽他講話，看到他這個人，或僅是擦身而過見他一旁抽菸閒拋一句話被你聽到，必然印象深刻。無論是學生或所謂成人、大人物、開大餐廳賣小吃做咖啡的，但凡曾相逢者提起他沒一個不誇、沒一個不服、沒一個不記懷於心。聽說高信疆也是這樣讓人尊崇，濟助過許多人。以侯導的國際地位，大可管他自己的事，專心做他自己的藝術修行，但他對整體國片工業的出力和對文學的關注，對後輩們關懷之殷，到處趕著露臉鼓勵，把大家拍的不成熟之作一場一場看完、把後輩寫的鳥書有空也來翻過，我懷疑他一天睡幾小時，每天還照樣一早爬山健身。我推測電影圈的新進導演們，這十幾年來所看過的國片大概都少他一半（可能他們都跟我一樣臭屁或隨緣，不大看別的新秀的作品）。侯導的電影喜捕捉細節，生活上對細節也放在心上，很多社會化的人講話好像順口說說就算了，他不一樣，說過什麼小事全記得，你不必憂慮他忘了或試想須不須提醒他，他會罩你。對他來說事情沒分啥大小，對象也無輕重之別，一派就只是說話算話的江湖體度。老外用對禪宗的想像來體驗他的電影，殊不知他有儒家的精神貫穿，一字記之曰——「仁」。真的沒在誇張的，儒道佛，加……野人，四合一「即溶顆粒」。當大哥，原來祕訣在於「細膩」。

文字創作，不像拍電影、搞劇場、做舞團需要資金，這是無本生意，永遠不賠也沒輸，有沒有人鳥我們都可持續下去。這是我們得天獨厚的優勢。幾年前（必須強調是尚未得文學獎成一有頭銜者的時期），我在網拍賣掉我收藏的一副「月光雪白超大粒麻將」（我亂取的品名），在拍賣網頁我寫說下標成交者，附送本人寫的一本麻將小說。阿還不是有人買了，爽。雖說對方被迫收下禮物，但他還蠻樂的耶。意思說，是不是個作家，不是彼此快樂與否的價值所在。那本書很爛，想必他沒看完，但我畫的插圖可能會翻到。嘖，書爛就一定要有插圖啦，我早就料到了啦。（停！）

若說朱天心對我唯一的建議，我想起來了，她說過：「你還在壯年時要多寫。」這句我也分享給讀到我小說的人，和熱愛閱讀和文字創作的空谷幽蘭們，請繼續（小聲說學我）孤芳自賞下去，且聽鳥語，和口香。

張萬康於台北

二〇一〇年元月十五日

記：尚有些對我起影響和有助益者無以筆順寫進（好比寫到我家的貓但沒寫到我家的狗就蠻不公平），但或許他們已出現在我的小說中。只是我發現這篇可能比我的小說好看。

擔負校對重任的好友張偉國問我本文結尾的畫線是否多餘、□是否漏字？——天殺的，此乃特意強調「鳥」字故畫線，空格則讓讀者自行填上合適的字。身為作者，用意無法被體會，可見這個作者果然失敗！

國家圖書館出版品預行編目資料

笑的童話 / 張萬康作. -- 初版. -- 臺北市 : 麥田出版 : 家庭傳媒城邦分公司發行, 2014.03
面； 公分. -- (麥田文學 ; 273)

ISBN 978-986-344-055-0(平裝)

857.7 103002195

麥田文學 273

笑的童話

作　　者　張萬康
責任編輯　林秀梅　莊文松

副總編輯　林秀梅
編輯總監　劉麗真
總 經 理　陳逸瑛
發 行 人　涂玉雲

出　　版　麥田出版
城邦文化事業股份有限公司
104台北市中山區民生東路二段141號5樓
電話：（886）2-2500-7696　傳真：（886）2-2500-1966、2500-1967
麥田部落格：http://blog.pixnet.net/ryefield
發　　行　英屬蓋曼群島商家庭傳媒股份有限公司城邦分公司
104臺北市中山區民生東路二段141號11樓
書虫客服服務專線：(886)2-2500-7718；2500-7719
24小時傳真服務：(886)2-2500-1990；2500-1991
服務時間：週一至週五09:30-12:00；13:30-17:00
郵撥帳號：19863813　戶名：書虫股份有限公司
讀者服務信箱E-mail：service@readingclub.com.tw
歡迎光臨城邦讀書花園　網址：www.cite.com.tw

香港發行所　城邦（香港）出版集團有限公司
香港灣仔駱克道193號東超商業中心1樓
電話：(852)2508-6231　傳真：(852)2578-9337
E-mail：hkcite@biznetvigator.com

馬新發行所　城邦(馬新)出版集團【Cite(M)Sdn. Bhd】
41, Jalan Radin Anum, Bandar Baru Sri Petaling,
57000 Kuala Lumpur, Malaysia.
電話：(603)9057-8822　傳真：(603)9057-6622
E-mail:cite@cite.com.my

設　　計　Waterfall／hiwaterfall.com
插　　畫　歐笠嵬
排　　版　宸遠彩藝有限公司
印　　刷　前進彩藝有限公司

2014年 3 月 1 日　初版一刷　Printed in Taiwan

售價：NT$280

ISBN：978-986-344-055-0